JN088720

真夜中のコール

最上　裕　著

民主文学館

目次

この作品は、『女性のひろば』二〇一八年五月号から、二〇一九年九月号に掲載された。

第一章　黒い携帯

その黒い携帯電話は、しばらく鳴らなかった。井村雅紀《まさき》も持っていることをほとんど忘れかけていたが、水曜日の夜中に突然けたたましく鳴りだした。熟睡していた雅紀は、妻の光子《みつこ》に肩をゆすられて目を覚ましたが、寝ぼけて自分の携帯を開いたりして、ようやく社品携帯を思い出した。

その携帯は、TEMIS《テミス》運用の取りまとめをしている久保田主任から渡された。雅紀は、大手電機メーカーの東邦電気の子会社である東邦情報システムに、請負の常駐システムエンジニアとして働き始めて二年目だ。東邦情報システムは、通常、略してTIS《ティス》と呼ばれている。東邦電気は、コンピュータ、通信機器の製造販売、及びITサービスを主力事業としている。雅紀が運用メンバーの一人として担当しているTEMISは、東邦電気のサプライチェーンマネージメントシステムであった。これは、原材料の購入から製品が消費者の手に届くまでの全プロセスを効率化するためのシステムである。アメリカのデータベースソフト会社が開発したＥＲＰパッケージをベースにしており、受注出荷、資材所要計画、資材調達、製造管理、原価管理、基準情報管理など約十の業務領域から構成されていた。メインサーバは、東関東のコンピュータセンターにあった。インターネットを介して東京郊外の開発拠点と山梨県にある製造拠点とつながっていて、このシステムが故障すると東邦電気のコンピュータ製品の製造・出荷が止まり、経営に重大な影響が出ると言われている。ちなみにＴＥＭＩＳはシステムの愛称（ニックネーム）で、Toho Electric Management Information Systemの頭文字をとったものらしい。システム運用の主な業務は、システム障害の復旧作業、利用者からの問い合わせや改善要求への対応などである。

先週、雅紀は突然、久保田に呼ばれた。久保田の席の横には、製造管理チームリーダーの高屋がかしこまった姿勢で立っていた。

「井村君。もう、すっかり製造管理機能を理解したようだね」

控えめな雅紀は、すっかりという言葉に抵抗を感じながらも、久保田の勢いにのせられて、「はい、大丈夫です」と答えた。

「よし、今日から井村君はＴＥＭＩＳ運用の中核メンバーだ。証として社品携帯を貸与する」

大袈裟《おおげさ》な言い方で、折り畳み式の黒い携帯電話を差し出す久保田の横で、髙屋が苦しげな笑いを浮かべていた。髙屋の笑いの意味を解こうと、受け取った携帯を広げてみたが、なんの変哲もない普通の携帯だった。

「そうだ。井村君は、まだ外部リンクチームの手伝いもやっているんだっけ」

「ええ、時々ですが……」

雅紀は遠慮がちに答えた。以前、手があいている奴には、どのチームの仕事でもやらせろと言っていたのは、久保田なのに、すっかり忘れているらしい。

「赤城さーん」

久保田が離れた席にいる赤城を呼んだ。赤城は、雅紀も社員であるコスモ電産のTISにおける作業責任者だ。歩み寄ってきた赤城に、久保田が言った。

「井村君は、今日からTEMIS運用の中核メンバーだから、外部リンクの仕事は下ろさないように」

「中核?」

赤城にも耳慣れない用語だったらしいが、雅紀が持っている携帯を見て、悟ったらしく頷いた。席に戻りながら、赤城は雅紀に言った。

「おまえ、たいへんなものもらっちゃったなあ」

その声には憐《あわ》れみの響きがこもっていた。雅紀も不安を感じて赤城に尋ねた。

「赤城さんも、社品携帯を持っているんですか」

赤城はポケットからシルバーの携帯を取り出して見せた。表面は傷がついていて年季を感じさせる代物だった。

「他に持っている人は誰ですか」

「久保田主任、髙屋さん……。だいたい各領域のリーダークラスだな」


光子に起こされた雅紀が目をこすりながら、電話に出ると、聞こえてきたのは夜番の関本の声だった。夜番は、コンピュータセンターのオペレータからの電話を受けて、各領域担当に引き継ぐ役で、運用担当が交代で務めている。

「オペからJOB《ジョブ》エラー停止の連絡がありました。製造管理チームのJOBです。髙屋さんに連絡したけど出ないんで、対処お願いします」

JOBはコンピュータ処理の実行単位で、雅紀は、エラー停止したJOBの名前を聞いて目が覚めた。製造管理領域でも最も複雑な処理のひとつだ。そして、翌朝のオンライン開始までに必ず終了させなければならないものだ。さらに、連続したJOBフローの中で前半に位置するJOBなので、これが終了しなければ、後のJOBを実行させることができない。雅紀は、慌てて会社から貸与されているノートPCの電源を入れた。日頃は、あまり気にならないパソコンの起動が遅く感じて、いらいらした。あわててパスワードを入力したために間違えて、画面から無機質な再入力の要求が返ってきた。舌打ちした雅紀の背中に、光子がジャージーの上着をかけてくれた。雅紀はパジャマ姿でパソコンに向かっていたのだ。雅紀は、おちつかなければと自分に言い聞かせた。ミスをして二次災害を引き起こすと障害の範囲を拡大させてしまう。

「灯《あか》りつけていいわよ。TEMISの障害なんでしょ」

ふとんに戻りながら光子が言った。光子の睡眠のじゃまになると思って、天井灯をつけずにやっていたが、申し訳ないと思いつつ、天井灯をつけた。光子は寝返りを打って、背中を向けた。

立ち上がったパソコン画面の右隅に表示された時刻は、一時十五分だった。十分ほどでエラーメッセージから対象の受注データは特定できた。対象の受注物件は、すでに製造着手していたが、最新の構成データが製造着手時のものと不一致になっていることがエラーの原因だった。製造着手後は、受注物件の構成変更は禁止されているはずだ。雅紀は、想定外の事態に直面して、どのように対処すればよいか判断に迷った。こういう場合、製造管理リーダーの高屋に指示を仰ぐべきだが、関本は高屋が電話に出なかったと言っていた。後の処理時間を考えれば二時までにＪＯＢを再実行しなければ夜間処理をオンライン開始時刻の午前七時半までに完了させることができない。残された時間は三十分たらずで、刻々とすぎていく。雅紀は祈るような気持ちで、高屋の携帯に電話した。呼び出し音が続くだけで高屋が出る気配はなかった。こういう場合、さらに上位上司に判断を仰ぐのが組織のルールだ。高屋の上は、久保田主任で、その上は黒崎マネージャーだ。久保田の電話番号を見たが、躊躇《ちゅうちょ》した。代わりに雅紀は、赤城の番号を選んだ。赤城はコスモでの上司だからまったく関係ないわけではない。数回のコールで赤城のくぐもった声がした。

「夜分、すみません。製造管理のＪＯＢがエラー停止したんです。対象データは特定できたんですが、通常ありえないデータで、こうした場合、どう処置したらいいかわからなくて」

「製造管理か。高屋さんに電話したのか」

赤城の声は不機嫌だ。そりゃ、そうだ。夜中、熟睡している時にたたきおこされたら、誰だって腹が立つ。赤城は怒っているが、それでも、真夜中に、たった一人で時間に追い詰められる状態から、一人でも相談できる人ができたので、雅紀は、いくらかはほっとしていた。

「夜番の関本さんも最初、髙屋さんに電話したらしいですが、出ないんで私に回ってきたんです。私も髙屋さんの携帯に電話したんですが、何度かけても出ないんです。どうしたらいいでしょう」

雅紀は、赤城ならなんとかしてくれるだろうと思って、縋《すが》りつく思いだった。

「製造管理のことはわからんな。それにしても、髙屋さんはいつも電話に出ないなあ。困ったもんだ。携帯に出ないんなら、家電に電話しろ。それでも出ないんなら、久保田さんに報告するしかないだろう。とにかく夜間処理を終わらさないと、明日、工場が止まるんだからな」

雅紀は、赤城の冷たい態度に、言葉がなかった。時計を見ると、夜中の一時半過ぎだ。こんな時刻に、家電《いえでん》に電話するなんて、家族の危篤の時くらいだろう。そんな非常識なことをしていいんだろうか。逡巡《しゅんじゅん》しているうちにも時刻は進んでいく。赤城の最後の言葉が重くのしかかってきた。工場が止まるって、そんなこと請負の一担当に言われてもと思った。が、ＴＥＭＩＳのオンラインが立ち上がらなければ、工場のラインは仕事にならない。千人以上いる工場の作業員が遊んでしまう。雅紀はパソコンの時計を見た。『ええい、どうにでもなれ』と髙屋の家電を呼び出した。寝静まった家の中に、電話の音が響き渡る光景が目に浮かんだ。コールの回数を、頭の中で数えていた。十回目のコールが終わって、雅紀が諦《あきら》めて電話を切ろうとした時、女性の不安げな声がした。

「あ、夜分、申し訳ありません。と、東邦電気でお世話になっている井村と申します。えーと、TEMISの件で、あの、障害が発生していて……」

雅紀は、しどろもどろになりながら、恐らく、髙屋の妻と思われる女性に話した。

「待ってください。今、起こしてきますから」

女性が、そう言ってくれた時、雅紀は長い息を吐いた。脇の下に変な汗をかいていた。しばらくして、髙屋の眠そうな声がした。状況を説明すると、意外にも髙屋はすぐに答えた。

「前にも同じような事例があった。客から言われて、営業が製造着手している物件の構成を勝手に変えちゃったんだ。その時は、対象データを除外して処理をした。今回も同じでいいはずだ。後で営業管理部で調整してもらうしかない」

髙屋は、誰にも丁寧に説明してくれるから話が長くなる。今も話が長くなりそうな気配だったので、雅紀は「すぐに処置に入ります」と言って電話を切った。該当データの除外処置を行い、停止していたJOBを再実行して完了まで見届けた。時計は二時三分前だった。ぎりぎりなんとか間に合った。

「間に合ったの?」

突然、光子が枕から頭をあげて言った。

「寝てなかったの? やっぱり、寝ていられるわけないよね」

天井灯が煌々《こうこう》とついているし、そばでせわしくキーを叩く音がしたら寝ていられないだろう。それに、光子も同じ職場にいるので、内容はわからなくてもTEMISの重要性は知っているはずだ。

「大丈夫。なんとか間にあったから、もう寝な」

「あなたは、まだ寝ないの」

「うん、障害報告メールを出してから寝る」

また、光子が背中を向けたので、雅紀は、障害の内容、原因、処置について報告メールを書いてTEMISのメーリングリストに、送った。時刻は二時半になっていた。一時間半も緊張の連続だった。朝のオンライン開始時刻七時二十五分までに夜間処理が終わるか気になったが、後は天にまかせて寝るしかない。天井灯を消すと光子が寝返りを打った。ずっと、眠れなかったに違いない。これからこういう事があった時は、隣の四畳半でやれるようにケーブルの配線を考えなくてはと雅紀は思った。

眠ろうとしたが、興奮した頭は回転を続け、なかなか眠れなかった。少しうとうとしたところで、朝六時半になった。雅紀はふとんから身体を引きはがす思いで、やっと起きた。睡眠不足で頭に霞がかかっている感じだった。光子は、もう起きて朝食と弁当作りをしていた。雅紀は、すぐにノートパソコンをＴＥＭＩＳのサーバに接続して、夜間処理の進捗状況を確認した。台所に行って、光子の背中に声をかけた。

「夕べは、ごめん。でも、なんとかオンライン開始はセーフだよ」

光子が振り返った。怒っていると思ったら、笑顔だった。

「よかったね。さすが、雅紀さん」

光子に褒められて、少し誇らしい気分だった。確かに、初めての夜間障害対応をやり遂げたのだ。職場でも褒められていいはずだと思った。

ＴＥＭＩＳのメーリングリストには、ＴＩＳ、東邦電気の関係者が全員登録されているが、雅紀の障害報告を読んだ反応は、様々だった。

運用リーダーの久保田は、これぐらい当然と一言「ご苦労さん」と言っただけだった。赤城は、昨夜の冷淡さとは打って変わって、大げさに「一人で大変だったな。眠ってないんだろう。大丈夫か」とねぎらってくれた。多分に自社のメンバーの優秀さをアピールしようという下心が見え隠れしていた。総じて、みんな自分の仕事が忙しくて、無事に終了した障害対応に関心を寄せる余裕がない状態であった。雅紀は、奮闘したのにみんなから無視された感じで、なんだか悔しかった。

雅紀が喫煙室で一服していると、インフラチームの安斉が話しかけてきた。

「夕べはたいへんだったようだね。結局、夜中に何時間働いたの」

「二時間くらいですかね」

雅紀は、やっと奮闘を評価してくれそうな人に会って、うれしかった。

「でも、その後もＪＯＢの監視とか、メールでの報告とかしてたんじゃないの。余計なおせっかいかも知れないけど、その残業代は正当に払われるのかい。深夜割増を含めて」

雅紀は、はっとした。緊急事態に一人で対応してＴＥＭＩＳを危機から救ったんだと自分の成果に酔っていて、残業代のことを忘れていた。コスモ電産の給料は、年俸制で毎月二十時間の見なし残業を含んでいると言われた記憶がある。だから、平日はいくら残業しても手当は出ない。でも、深夜は別だろうと思った。あんな心臓が凍るような思いをして仕事したのに、一円も出ないんじゃ、割に合わない。でも、すぐに赤城の渋い顔が浮かんだ。

「安斉さんとこは、深夜残業代もらえるんですか」

「もらえるんじゃなくて、働いたんだから、当然支払われるべきなんだ。残業代の未払いは会社の犯罪だよ」

　安斉は強い口調で言った。その苛《いら》ついた表情と会社の犯罪という過激な言葉に、雅紀は驚いた。初めて聞く言葉だった。それに、安斉は、なんであんなに不機嫌な顔をしているんだ。僕が何か気に障ることを言ったのだろうか。

　安斉に言われたので席に戻ると、雅紀は、赤城に聞いた。

「夜間障害対応の残業代は、請求できるんですか」

　赤城は雅紀の質問を別の意味で理解したらしく、はっと顔を上げた。

「そうだ。忘れないうちに、ＴＩＳに請求しなくちゃ。いつも忘れて、もらいそこねるんだ。何時間対応したんだっけ」

「二時間です」

　赤城は、ＴＩＳへの追加費用請求画面を立ち上げて入力を始めた。

「あのー。作業した者への残業代の支払いは、どうなるんですか」

「作業者って、お前か。我々は年俸制じゃないか。個別の残業手当はないよ。見なし残業代が含まれているし、東邦から残業代が支払われれば、個人の業績評価に反映して、ボーナスに加算されるんだ」

　赤城は、そう言うと請求入力画面に向き直った。雅紀は、釈然としない気持ちが残ったが、赤城が話は終わったという態度なので、仕方なく席に戻った。

残業代がでないのは不満だったが、やっと仕事で独り立ちできたのだという達成感に満たされて、上京してからの慌ただしく過ぎた一年を振り返った。


雅紀が、東京での初出勤に臨んだ日、単身者アパートの横に植えられた桜は、満開を過ぎ、淡い桃色の花びらを、惜しげもなくまき散らしていた。

前日、雅紀が故郷を立つ時は、強風が吹き荒れていた。玄関で見送ってくれた弟の智治はウインドブレーカーの襟をたてていた。海苔の養殖を生業にしている両親は、休む暇なく働いていた。父の弘道は作業場に行く時、「体に気ーつけてな」と声をかけて出て行った。駅まで送ってくれた母の春子は、いつものうるさいほどのおしゃべりは影を潜めていた。口を開けば雅紀の就職先への不安が飛び出すのが、いやだったのかもしれない。

就職氷河期、失われた十年という言葉が新聞やテレビに溢れていた。県都の情報処理専門学校を卒業した雅紀は、何社も就職試験を受けたが、内定をもらうことはできなかった。新世紀に入って三年が経とうとしているのに、明るい未来を感じることはできなかった。父が地元の議員に頼んでくれたおかげで、なんとかコスモ電産という会社に入社することができた。主に市役所や地元企業のコンピュータシステムの運用をやっている会社だから、息子さんも地元で働けるという議員の話に、父は喜んでいた。

入社式が終わると、雅紀は専務の部屋に呼ばれた。専務は雅紀の面接をしてくれた人で、議員と懇意だという話だった。呼ばれた応接のソファーに、見知らぬ男が坐《すわ》っていた。専務は雅紀にその横に座るように言った。

「井村君には、市役所のオペ室に行ってもらう予定だったが、東京の大事なお客さんから急に人を回してほしいという話が来てね。悪いけど、しばらく東京に行ってほしいんだ。若いうちに東京を見ておくのもいいだろう。なーに、すぐ戻れるから」

一人掛けのソファーに深々と沈んだ専務は頭髪のほとんどない丸顔で、目を糸のように細くして笑った。

「こっちは、東京支社の赤城君だ。井村君の上司だから、以後、赤城君の指示に従ってくれ」

隣に座っていた赤城は、名前とは反対の浅黒い顔を緩めることなく、「赤城です。よろしく」とだけあいさつした。雅紀も、あわてて名のって、深く頭を下げた。

専務の話には驚いたし、両親を落胆させることになったが、雅紀は内心、この配属を喜んでいた。やっぱり、一度は東京で暮らしてみたかったのだ。卒業後、東京の会社に就職する同級生に、無意識に羨望《せんぼう》のまなざしを向けていた。別に働く場所で仕事の価値が変わるわけはなく、要は自分の努力次第だとわかってはいたが、東京という都会にはさからえない魅力があった。

借上げのアパートに寝具をはじめ生活必需品一式揃っているということで、着替えや身の回りの物だけ持って、二日後に上京という慌ただしい日程となった。最寄り駅で落ち合った赤城と母は、お互い何度もお辞儀を繰り返していた。最初、とっつきにくそうな印象を受けた赤城だったが、人情の厚い土地の人間らしい面も持っているようだ。赤城がいたので、母とも「じゃ、行ってくる」と、あっさり別れた。

羽田に着陸して、都心に向かうのかと思っていたら、川崎に出て各駅停車の電車に乗った。着いたのは、果樹園や田んぼもあるところだった。これじゃ、故郷と大して変わらないじゃないかと、雅紀は正直がっかりした。

初出勤の日、赤城に連れられて十分ほど歩くと、遠くに大きな工場が見えてきた。

「あれが、東邦電気の多摩事業場だ」

赤城がしゃくれ顎《あご》をあげた。自転車に乗った人たちがスピードを緩めずに、駐輪場に殺到してきた。徒歩の人たちは守衛場の前に列をなしていた。雅紀も赤城から渡された入門証を首からかけて列に加わった。

「すごい人数ですね」

雅紀は、前に並ぶ赤城に声をかけた。

「ここは裏門だ。反対側の正門は、もっとすごい。あっちは、人の列じゃなくて、人の河だ」

赤城は、横を向いて雅紀を見ることなく答えた。いかめしい顔で立っている守衛に、入門証を見せて通り過ぎた。守衛も、こんな大勢の入門証をいちいちチェックしているとは思えなかったが、やはりちょっと緊張した。守衛の前を通り過ぎると、いくつかの建物が見えてきた。右手奥に二棟の高いビルがあった。手前には平屋や二階建ての建屋が並んでいた。平屋の建物は、屋根が灰色ののこぎり状で、昔ながらの工場という形だった。

赤城は、二階建ての建物に近づき、重そうな扉を引いた。扉をくぐると薄暗かった。日差しに慣れた目が暗さに対応するのに時間がかかった。階段を登って、小さな鉄製のドアを開けると、横に二人並んで歩くのが難しいほど狭い通路が続いていた。非常灯の明かりだけで、前を歩く赤城の背中が黒い影になった。

「暗いですね」

雅紀は赤城とはぐれないように、後ろに貼りつくようにして歩いた。

「うむ。経費節減で天井灯を間引きしているからな」

暗い通路の先に明るい一画が見えた。近づくと「東邦情報システム」という看板がかかっていた。ここの入り口でも、セキュリティチェックがあった。ここでは、IDカードを検知器にかざすとドアが自動的に開錠された。フロアはいくつかの机の島に分かれていた。赤城が腰を降ろしたのは、コスモ電産という看板のところだった。雅紀の席は、赤城の隣で、雅紀の向かいには小柄な男が坐っていた。

「井村雅紀と言います。よろしくお願いします」

雅紀は椅子から立ち上がって、お辞儀をして挨拶した。向かいの男は、メガネをかけた眠たそうな顔を上げて、「市原です。よろしく」とだけ答えて、パソコン画面に視線を戻した。周りを見渡しても、皆パソコンの画面を覗《のぞ》き込んでいた。のんびり無駄話をしている者はいなかった。学校とは違う緊張した空気が充満していた。雅紀は改めて気持ちを引き締めた。

第二章　暗黒の大陸

初めてTEMISの夜間障害に一人で対応した雅紀は、充実感に浸りながら、一年前の初出勤の日の出来事を思い出していた。

あの日も始業のチャイムが鳴ると、フロアでは三つのグループに分かれて朝礼が始まった。雅紀も赤城にならってひな壇近くに寄って行った。中央に進み出て、話し始めたのは中肉中背で角刈りの精悍《せいかん》な目つきの男だった。このグループのマネージャーらしかった。

型通りの挨拶《あいさつ》に続き、いくつかの事務連絡があった。終わりかと思った時に、マネージャーが雅紀の方を見た。目があって、どきっとした。

「それから、今日からコスモ電産の新人さんが我々のチームに加わってくれます。ひとこと挨拶をお願いします」

雅紀は驚いて赤城を見た。聞いていなかった。一言前もって言ってくれれば、挨拶を考えておいたのにとうらみの籠《こも》った視線を送ったが、赤城は知らん顔をしていた。ぐずぐずしているのもおかしいので、どうにでもなれと思って、雅紀は前に出た。

「コスモ電産の井村雅紀と申します。四国出身です。えー」

何か気の利いたことを言おうと思ったが、言葉が出てこなかった。二十人くらいに見つめられて上がってしまった。赤城は聞いていられないのか、下を向いていた。

「がんばりますので、よろしくお願いします」

とにかく早く切り上げたくて、逃げるように頭を下げた。指名したマネージャーが笑いながら「頼むぞ」と拍手してくれ、全員から拍手を送られた。赤城の横に戻ると、赤城が小さく息を吐いた。赤城の方が緊張したのかも知れない。朝礼が終わって雅紀が席に戻ろうとすると、マネージャーから呼び止められた。

「井村君、ちょっと」

雅紀が赤城を見ると、『行って』と目で合図を返してきた。マネージャー席の前のパイプ椅子《いす》を進められて腰を降ろした。机の上に置かれたネームプレートに「マネージャー　黒崎純夫」と書かれていた。

「四国のどちらですか。実は、私も高知なんですよ」

「香川県です」

雅紀は、黒崎が同じ四国だと知って、うれしくなって答えた。黒崎は、見かけによらず気さくな人らしい。雅紀の地元の産物や家業のことを聞いていたので、雅紀も聞かれるまま答えた。

「じゃ、養殖の作業を手伝ったり、農協でバイトしていたのなら体力は大丈夫だね」

黒崎が目尻を下げながら聞いたので、身体には自信があった雅紀は、「はい」と力強く答えた。

一日目は、パソコンの設定で終わった。赤城からＡ４一枚の設定指示書を与えられただけで、自分でやれと言われた。そうやって、突き放しておきながら、赤城は雅紀のスキルを評価しているようだった。雅紀に割り当てられたパソコンのオペレーティングシステム（ＯＳ）は、学校のよりも一世代古いものだった。雅紀が独り言のように、それを言うと、赤城も誰にともなくつぶやいた。

「企業は学校と違って安全第一なんだ。安全が確認されるまでは、安易に最新のＯＳには飛びつかないの」

「でも、ここはパソコンを作っている会社ですよね。品質評価のためにも内部で最新のものをどんどん使った方がいいっすよね」

市原が口をはさんだ。市原もスペックの低い古いパソコンに不満を持っているらしい。

「我々が、性能のいいパソコンを使った方が仕事の効率が上がって、会社のためになると思うんっすがね」

市原は、さらに言い募った。赤城は、うるさそうに強い調子で言った。

「与えられた条件の下で、所定の成果を上げるのが我々の技というもんだ」

市原は、いつもの能面のような表情に戻って画面をにらんだ。赤城と市原の会話や与えられたパソコンのスペックから、雅紀は自分たちの立場が少しわかったような気がした。

定時のチャイムが鳴った。赤城が、「先に帰っていいぞ」と言った。周りを見回すと、ほとんどの人は、チャイムに気づかないように仕事を続けていた。

「初日だけっす。今日は帰った方がいいっすよ」

市原のアドバイスがあったので、雅紀は赤城と市原に頭を下げて「お先に失礼します」と席をたった。

二日目、出社すると赤城から市原がやっているシステムの監視作業を引き継ぐように言われた。市原の横に座って、説明代わりに市原の操作を見学した。毎日、八時半、十一時半、十五時にシステムで発生しているエラーの有無をチェックして、エラーが発生していたら原因を調査して対処するというものだった。市原から渡されたマニュアルには主なエラーについての対処方法が書かれていた。

「これ以外のエラーが出た場合は、どうすればいいんですか」

雅紀が質問すると、市原は面倒くさそうに答えた。

「まあ、最初は赤城さんに聞くんだな。そのうちシステムが理解できれば、自分で問題の領域担当と調整して、処置方法を決められるようになる」

昨日とは、市原の語尾が変わっていた。恐らく相手に気を使わなくなったせいだろう。

「そうなるには、どれぐらいかかるんですか」

雅紀が尋ねると、市原は口元を曲げて言った。

「ある程度できるようになるのに半年。完璧には……うーん、無理なんじゃないの」

「無理なんですか」

雅紀は自分が新人だから軽く見られているんだろうと思ったが、いやな顔を見せないように努めた。

「無理だよ。だって、このシステムのことを完全に理解している人は、どこにもいないんだ。開発した部隊は引き上げたし、ドキュメントも中途半端なものしか残ってない。だから、みんな手さぐりでやってるんだ」

雅紀は市原が言っていることが理解できなかった。システムを運用しているのに、システムを理解している人がいないなんて、おかしい。雅紀の納得できない顔を見て、市原がサーバーのフォルダーを示した。そこには数えきれないほどのドキュメントのファイルがあった。

「これは、アドオン（追加開発）したプログラムの仕様書さ。約千本ある。でも、本体のERP（統合基幹業務システム）は、この何倍、何十倍もあるはずだけど、簡単な概要説明書しかない」

雅紀は目を見張った。膨大なファイルの羅列は、密林のようだ。ひとつひとつのプログラムが様々な機能を持っていて、お互いに複雑に関連しあい絡み合っている。一つのプログラムを理解するのも容易ではないはずだ。しかも、仕様書がなく、概要説明書だけの部分が、大部分だと言われると、全体を想像することもできず、目眩《めまい》がしそうだった。雅紀は、暗黒の大陸に分け入った探検家が、広大なジャングルの縁に立った時のような気分を味わった。

「例えば、ERP本体に使われているたったひとつのフラグ（識別項目）に今まで使ったことのない値を入れたら、どんな結果が生じるかは、アドオンだけを解析してもわからない。ＥＲＰ本体を含めて関連を調べないと確定的なことは言えないだろう」

市原に言われて、雅紀はうなった。雅紀の表情を見て、市原は満足した笑みを浮かべた。雅紀は、自分の仕事が一筋縄ではいかないことを感じた。

一週間ぐらいして、雅紀は、ＴＥＭＩＳ運用改善会議というものに、初めて参加した。赤城によれば毎月一回開催されているらしい。通常は、アコーディオンカーテンで仕切られている二つの会議室を一つにして、約二十人の運用メンバー全員が参加していた。新米の雅紀には、まだほとんどのメンバーの顔と名前が一致しなかった。だが、会議室の隅で話に耳を傾けていると徐々に、名前や役割もわかってきた。まず、長方形のテーブルについているのは、各領域のリーダークラスで、担当者は壁側の椅子に座っていた。

「また、不正データの混入か」

黒崎が老眼のためか問題処理表の紙を、少し離し加減にして、いらだたしそうに言った。

「ええ、この三ヶ月でも不正データの混入によるＪＯＢ停止は十五件発生しています。他システムからのリンケージデータに混入していたのが、七件。ＴＥＭＩＳ画面からの入力が八件です」

　久保田が報告した。不正データとは、想定外の文字コードがデータに混入したもので、データのレコードサイズが仕様と異なってしまいコンピュータが異常と判定して処理が停止してしまうのだ。

「他システムからのリンケージは、各システム担当に改善依頼するしかないが、内部で発生しているのは、自分たちで何とかしなくてはいかんな」

「品目の入力時に不正データのチェックをするべきですが、標準画面なので、手が出ません」

　黒崎と久保田が交わした会話は、今まで何度も繰り返してきたものなのだろう。他のメンバーは一様に顔をしかめていた。

　雅紀は、どうして標準画面の不具合を直せないのだろうと疑問に思ったが、大勢の前で質問する勇気がなかった。たぶん、今まで何回も話し合われて、自分以外には自明のことなのだろう。自分一人の為に全体の議論を止めてしまうのは、申し訳ないと思った。

「わからないことがあったら聞かないとダメだよ。はい、井村君、質問があるんだろう」

　雅紀の心を見透かしたように、黒崎が笑いながら指さした。全員の視線をあびて雅紀はうろたえた。

「えーと、標準画面に悪いところがあれば、ユーザーは困ると思うんですが、なんで、開発元は直さないんですか」

うろたえながらも雅紀は、自分の疑問を口にした。

「開発元は直しているよ」

久保田は雅紀の方を見ずに、すぐに答えた。ぶっきらぼうな回答で雅紀は理解に苦しんだ。

「久保田さん。新人なんですから、もっと丁寧に説明してあげなくちゃ、回答したことにならないと思います」

強面《こわもて》の久保田に、真正面から注意したのは目がくりっとした若い女性だった。むっとした顔で久保田が言い返した。

「じゃ、栗山さん、説明してあげて」

久保田の機嫌をそこねたことを気にする風もなく、栗山は平然と話し始めた。

「開発元では、この画面の不正コードチェック漏れを含めて、様々な不具合の修正や性能改善のパッチ（修正ソフト）をリリースしています。でも、ＴＥＭＩＳには膨大なアドオンがあります。それらのパッチを適用した場合に、全てが正常に動作することを保証するには、システム導入時評価と同じことを実施しなければなりません。当然、多大な工数がかかります。また、本番とまったく同じ評価環境を用意する必要がありますが、現在のハードウエアには、その環境がありません。それで、標準画面へのパッチ適用ができないのです。これは、東邦さんにも了解してもらっています」

要するに、膨大なアドオンの品質を保証するため、ERP本体は、導入時点の状態に塩漬けしておかなければならないということらしい。わかりましたかと栗山に聞かれ、「はい」と言いかけた雅紀は、恐る恐るもうひとつ質問した。

「評価環境がないのですか」

「評価環境がないとは言っていません。本番とまったく同じ評価環境がないと言ったのです。一応、規模は小さいですが、評価環境があるので、部分的な評価はできます」

揚げ足をとられた形になった栗山は気分を害したのか、矛先を製造管理チームリーダーの髙屋に向けた。

「髙屋さん、新人の方にTEMISの環境について、よく説明してあげてくださいね」

考え事をしていたらしい髙屋は、急に話を振られて、ぱっと顔をあげた。

「あっ、そうですね。まだ、製造管理チームとしては、仕事をしてもらっていなかったものですから。わかりました。よく説明します」

高屋は、三十代半ばと思われる男で、栗山よりもだいぶ先輩のようだが、丁寧な口ぶりだった。

「よくわかりました。ありがとうございました」

礼をいいながら、雅紀は、なぜ製造管理チームの高屋が巻き込まれたのか理解できなかった。でも、わかったことがあった。それは、この職場では女性が強いということだ。うかうかしていたら、やりこめられてしまう。

笑いながら、やりとりを見ていた黒崎が、話しを元に戻すように言った。

「関本君。なんとかしたいなあ。不正コード混入で、夜、オペレータにたたき起こされるんじゃ、つらいよな」

黒崎が、原価管理チームの関本に話を振った。

「そうですね。なんとか助けてください。夜起こされるのは、本当につらいですから」

関本は、ひょうきんなところがあるらしく、真面目な場面にもかかわらず、幾分誇張した言い方をして、みんなの笑いを取った。夜間に、コンピュータの処理が異常終了したら、処理を監視しているオペレータから電話がかかってくるのだ。残業で夜の十時頃まで仕事をして、家で寝ようとしたところをたたき起こされるのは、楽な仕事ではないぞと雅紀も肝に銘じた。

「そのためには、自分でも知恵を出さないとなあ」

「いやー、もう頭が回らないんで、私が出せるのは体力だけです」

　本気なのか冗談なのか、雅紀は関本の顔を見返したが、浅黒い顔から、意図を読み取ることはできなかった。ただ、笑いをとろうとしているにも関わらず、言葉には、怒りや悲哀の入り混じった諦《あきら》めが感じられた。黒崎と関本の掛け合いは、会議室に微妙な空気を醸しだしそうになった。

「インフラの方で、なんとか手はないかね」

　黒崎の視線が、インフラチームのリーダーである安斉に向いた。長身の安斉は、俳優にでもなれそうな端正な顔だった。

「こういうのはどうですか。画面のプログラムを改訂できないのなら、データベースの更新後トリガーで実行するプログラムで、チェックして不正データが入っていたら、データを削除するのです」

　黒崎の顔が、一瞬輝いたが、すぐに顔をしかめた。

「ひとつのアイデアだが、利用者は自分の入力が正しく終了したと思っているのに、データが保存されていないのは、まずいよ」

「そうですね」

安斉は、頭に手をやって率直に自分の考えの至らないところを認めた。すると、久保田が身を乗り出して発言した。

「削除した不正データを別のテーブルに保存しておいて、それを定期的にチェックして利用者に通知すればいいじゃないか。データには利用者コードが入っているから、メールアドレスがわかるだろう」

「なるほど、いい考えですね。久保田さん」

関本が手をたたいた。他の参加者からも賛同の声があがった。しかし、黒崎は慎重だった。

「サンプルのプログラムを作って評価してみよう。久保田君、東邦さんに説明して、改訂の費用を出してもらえるようにしてくれ」

会議を終えて席に戻った雅紀は、初めて参加した会議の印象を聞かれた。

「自由な感じの会議でいいですね。みんな積極的に発言している感じで、やっぱり進め方がいいんですかね」

「まあ、あれが黒崎さんの技なんだ。みんなをうまく乗せる」

市原の口調には、ちょっと批判的な響きが含まれていた。

「あんな芸当は黒崎さんしかできない。あの会議室にどれだけ身分の違う人間がいたと思う？」

身分という封建時代を連想させる言葉に、雅紀はまごついた。

「まず、黒崎さんは東邦の出向者だろう。久保田さん、栗山さん、髙屋さん、関本さんはＴＩＳのプロパー社員。我々は、協力会社の請負だ。派遣の奴もいる。協力会社から来ていても個人事業主の人もいる。外国人だっているじゃないか」

市原の指摘に、雅紀は会議室の隅に座って、常に笑いを顔に張り付けていた中国人らしい人を思い出した。

「ひとつの仕事をしていても、一皮むいたらみんな身分が違う。そこを意識させてしまったら、会議にならない。私は契約で決められたことしかやりませんってなったら、仕事はまわらない」

雅紀は、フロアを見渡した。ひな壇から遠い方にある机の島々には、各協力会社の看板が天井からぶら下がっている。働いている人の多くは、私服だったが、作業服を着ている人も何人かいた。作業服は会社毎《ごと》に、違う色だった。黒崎は濃い紺色で、関本は淡い紺色だった。安斉は、これからマシン室にいくらしく、水色の作業服を羽織った。

「みんな課題解決だって喜んだが、喜べないのが一人いるだろう」

赤城が、口をはさんできた。

「毎日チェックして、不正データを入力した利用者に連絡するのは、おまえの役目だからな」

やっと気づいた雅紀は、楽になる人がいれば、片方には負担が増える人がいるのだということを教えられた。

雅紀の仕事は次々に増えた。赤城と市原は、外部リンクチームだ。市原の下請けをしているということは、雅紀も属していることになるが、正式に久保田から割り当てられたチームは、製造管理チームだった。高屋は色白でふくよかな顎《あご》をしていた。親切な高屋は、雅紀の質問になんでも丁寧に答えてくれた。だから、雅紀は高屋に自分の所属があいまいだとこぼしたのだ。真剣な顔で高屋が聞いてくれたので、雅紀は、すぐに自分の所属がすっきりするだろうと期待していた。

だが、いくら待っても高屋から所属の話はなかった。相変らず、赤城から次々と新しい仕事が降りてきた。高屋も「すみませんね」と言いながら仕事を依頼してきた。ついに、しびれを切らせた雅紀は高屋に言った。

「私の所属チームのことですけど、二つも所属しているのはおかしいって、確認をお願いしましたが、どうなりましたか」

高屋は、何度も頷きながら聞いていたが、言いにくそうに小声で言った。

「実は、久保田さんには、すぐに聞いたんです。久保田さんからは井村君は製造管理チームだ。外部リンクチームなんて、誰も言っていない。なんで外部リンクの仕事をしているんだ。暇だからじゃないかって。暇にならないように、もっと製造管理の仕事を割り当ててろって言われてしまいました」

雅紀は絶句した。離れた席で仕事をしている久保田の姿があった。頼んでも受け入れてくれそうな雰囲気はなかった。とにかく自分で自分を守らなければならないというのが、ここのルールらしい。

雅紀の所属は製造管理チームだけだと断言してくれない高屋を恨んだが、高屋も過酷な条件で働いていた。ある日、高屋が雅紀の席に仕事を頼みにきた。

「申し訳ない。実は今日、受注チームで改訂プログラムのリリースがあるんです。うちの処理にも影響があるかもしれないから、明日の朝、夜間処理結果の確認をしてくれって言われてね。私は早く出てくるのが難しいんで、井村さんにお願いできないかな」

リーダーなんだから、こんなに低姿勢でメンバーに頼む必要はないと思うが、高屋の性格なんだろう。

「いいですよ。手順を教えてもらえれば。何時なんですか」

「朝七時。夜間処理が終わって、オンラインが始まる前に、やらないといけないんです」

「遅れないように目覚ましかけとけよ」

横から赤城が割り込んできた。夜ゲームをしすぎて寝過ごしたことを暗に指摘された。

「はい、携帯と目覚まし二つセットしておきます」

雅紀は、負けずに明るく言い返した。

「すみませんね。私は茨城から通っているので、無理なんですよ」

髙屋は安堵《あんど》の表情を浮かべながら言った。雅紀は驚いた。

「毎朝五時起きで、片道二時間半、往復五時間電車の中ですよ。毎日、小さな旅行しているようなもんです」

昨日も髙屋は午後九時半まで残業していたはずだ。それから帰って自宅に着くのは深夜零時、風呂に入ったりすれば寝付くのは一時か二時にはなるだろう。いったいこの人の睡眠時間は何時間なんだと、雅紀は笑みを絶やさない髙屋の顔を、まじまじと見た。

翌朝、携帯と目覚まし時計をセットしていたにも関わらず、目覚めが悪く、雅紀は朝食も取らず、あわててアパートを飛び出した。もうすぐ初夏なので日の出は早い。通りは、すっかり明るくなっていた。携帯の時間を見ると午前七時まで後十分だった。雅紀は、職場に駆け足で向かった。

受注チームリーダーの安川も早出していた。夜間処理終了の合図を受けて、雅紀は予定されたチェックのプログラムを実行した。想定通りのデータが表示された。データをエクセルに張り付けてエビデンスとして残す。受注チームの改訂の影響が製造管理チームに影響を及ぼす可能性は低い。しかし、誰かが影響の可能性に言及した場合、誰も否定できず、チェックすることが避けられなくなる。誰か問題ないと言い切ってほしいのだが、責任を負いたくないので皆が沈黙してしまう。チェックの必要性を主張するのは上の人たちだが、実際に早出してチェックするのは雅紀たち下っ端だ。

「お疲れさん」

安川が笑顔で声をかけてくれた。連れ立って、喫煙室に向かう。職場の人たちと、知り合い、仲良くなれるのは、こういう機会だから、まあいいかと気持ちを切り替えた。

第三章　出会い

雅紀は、昨夜の障害対応で睡眠不足のせいか、眠くてしかたなかった。

「昨夜はたいへんだったようですね。大丈夫ですか?」

午後三時から開かれた運用チームの小集団活動の会議で隣に座った東亜ソフトの長谷部から声をかけられた。

「結局、ほとんど眠れなくて、今日は絶対残業なしで帰ります」

「ところで、奥さんは具合でも悪いのかな。さっき、早退で帰ったようだけど」

「えっ、早退?」

かみ殺しかけた欠伸《あくび》が飛んで行った。昨夜の障害対応がうるさくて眠れず、具合が悪くなったのだろうかと雅紀は、心配になった。

「旦那《だんな》さんにも言わずに早退とはね。なんでしょうね」

長谷部は、芸能レポーターのように興味本位の詮索《せんさく》を始めている。雅紀は眠気が消えたが、会議にも集中できなかった。会議は、高屋が議長になって今期の活動目標の検討をしていた。

「前期は、障害発生件数の低減を目標にしてきましたので、今期は何か別の切り口で活動したいですね」

　高屋の提起に反応して発言する人はなく、しかたなく高屋が話を続けた。

「障害のうち、ＴＥＭＩＳ側で対応できる不正データの混入は、ＤＢ《データベース》トリガーで除去する対策を実施して、撲滅することができました。これは、事業部長の巡回でも評価していただきました。やっぱり定量的に効果測定できるテーマがいいと思うんですよね」

　要するに、上に受けのいいテーマにしようということらしい。不純な動機のような気がするが、特に反対意見を述べる人はいなかった。

　以前は、黒崎が主催していたが、かなり安定してきたということで、小集団活動の一環として取り組むことになった。実際は、黒崎が別のプロジェクトで忙しくなったので、主催者が変わったというのが、本当のところらしい。メンバーは新主催者のお手並み拝見ということで、様子見を決め込んでいた。

「井村さん、何か意見はありませんか」

意見が出ないことに、しびれを切らした高屋が一番指名しやすい雅紀に発言を求めた。

「TEMISの利用者にとって、一番困るのは障害によるサービス停止だと思います。昨夜の障害の真の原因は、営業内で構成確定のルールが徹底していないことです。TEMISの障害撲滅を目標に掲げて営業にルール徹底を申し入れてはどうでしょうか」

雅紀の空気を読まない発言に、高屋は眉《まゆ》をひそめた。

「営業も、顧客から構成変更をしてくれなきゃ、注文をキャンセルすると言われると、弱いからなあ。何か手はないかと抜け道をさがしてくるんだ」

「そんなこととしても、結局、TEMISの障害を引き起こして、会社全体に迷惑をかけるんだから意味ないんじゃない」

「いや、お客様は神様だから、顧客の要望に応えられないシステムが悪いと、我々が悪者にされる」

「でも、注文の変更期限って、どんな取引にもあるじゃないですか。そのためのルールでしょ」

雅紀の発言をきっかけに、昨夜の障害についてメンバーが好き勝手に話し始めて、収拾がつかなくなって、結局、今期の目標設定は、持ち越しとなった。

夜間障害対応明けという理由があるので、大きな顔をして定時で退社して、家の近くまで帰ってきた。路地に入ろうとしたら、外に出ていたクリーニング屋さんのおばさんに呼び止められた。

「井村さん。この前、頼まれたワイシャツとズボンできてますから取りに来てください」

「はい、帰ったら、すぐ取りにきます」

頭をさげて、答えた。ぽってりと肉付きのいいおばさんは、元気がよくて、好奇心も旺盛だ。

「お宅は、うちの息子と同じくらいよね。大学生？」

「いや、働いてます。東邦です」

雅紀は、東邦の名前をだせば詮索されないだろうと思った。

「そうなの。東邦なの。じゃ、お姉さんも安心ね」

雅紀は、返事に詰まった。でも、平気な顔をして答えた。

「いえ、妻です。年上ですけど」

今度は、おばさんが、気の毒なほど、狼狽《ろうばい》して、平謝りを繰り返した。

確かに、世間の基準を超えたカップルかもしれないが、自分たちは別に歳の差を感じてはいなかった。でも、こうした誤解に遭遇する度に、雅紀は光子と初めて出会ってからのことを思い出す。

初出勤の日、面談が終わると、マネージャーの黒崎は、雅紀の後ろに向かって声をかけた。

「じゃ、後は書記の三浦さんから、安全衛生や職場規則の説明を受けてください」

雅紀が後ろを振り返ると、一人の女性が立ち上がって、近づいてきた。ブラウスの上に、エプロンをしていた。このエプロンはパソコンから出る電磁波を防ぐと言われていた。化粧は少し濃い目で、ミディアムの髪を栗色に染めていた。年齢は雅紀よりもだいぶ上のようで、黒崎にも落ち着いて受け答えしていた。

「それじゃ、フロアの規則について説明しますから」

三浦さんに促されて、雅紀は隅の打ち合わせ場に移動した。三浦さんから渡された数ページの資料には、十時と三時の休憩時間には放送される音楽にあわせて職場体操をして心身のリフレッシュに努めるとか、ごみの分別廃棄、残業時間の休憩の取り方など、この職場のルールが事細かく書かれていた。何度も同じ説明をしているのか、三浦さんは淀《よど》みなく適当に省略しながら説明を続けた。

「タバコは吸いますか？」

喫煙の決まりについて書かれた項のところで、三浦さんは大きな瞳を上目づかいに動かして雅紀を見た。

「あ、えー」

雅紀は戸惑った。実は二十歳になる前から友人に唆《そそのか》されてタバコを吸っていた。でも、お客様である常駐先では吸わない方がいいかなと思ったのだ。

「無理しなくてもいいわよ。吸いたいなら吸っていいのよ。ここで常駐しているほとんどの人が吸ってるから。赤城さんも吸ってるし」

三浦さんは、いたずらっぽい笑いを目元に浮かべて言った。

「はい、吸います」

雅紀も苦笑いを浮かべて白状した。

「吸えるのはトイレの隣の喫煙室だけです。喫煙室で最後になったら、灰皿のタバコの火をよく消して、吸殻入れに入れてください。火事になったらたいへんですから、水をかけて、しっかり消してください」

三浦さんは、すぐに事務的な表情に戻って説明を続けた。

「何か質問ありますか」

最後に、三浦さんは雅紀を見つめて言った。長い睫《まつげ》は、付け睫だろうか。頬《ほお》の紅が濃すぎるなあ。そんなに化粧しなくてもいいのに。そんなことを考えていた雅紀は、突然聞かれて、慌てた。

「えーと、あの書記って何ですか」

三浦さんは、ちょっと身体を引いて、雅紀をまじまじと見た。

「それが、あなたの会社生活に重要な係わりがあるとは思えないけど。まあ、いいか。聞かれたから答えるけど、職場の庶務担当のことを、この会社では書記って呼ぶの。まあ、方言のようなものと思っていいわよ。ところで、井村君は、地方から出てきたばかりなのに、訛《なま》りが、あまりないのね」

「はあ、すぐに順応するたちですから」

他にわからないことはと聞かれたけど、思いつく質問もなくオリエンテーションは終了した。

席に戻って、隣の赤城にオリエンテーションを受けてきたと報告した。そして、一言、口を滑らせてしまった。

「三浦さんって、きれいですけど、ちょっと、きつそうな人ですね。何歳くらいなんですかね」

赤城と市原がキーボードを打つ手を止めて雅紀を見た。市原が、いひっと下卑た笑い声をあげた。雅紀は、遅まきながら自分の失態に気づいた。

「そうだなあ。ここのお局《つぼね》三姉妹の長女格だからなあ。正確な年齢は恐ろしくて誰も聞いたことはない。重要秘密事項だ」

赤城の大げさな物言いに、市原がさらに腹をよじらせた。

次に、三浦さんと言葉を交わしたのは、二週間くらい後のことだった。その日は、早出だったし仕事も一段落したので、一時間の残業で退社することにした。裏門を出てゲームの攻略法を考えながら歩いていると、先を歩いている女性の後ろ姿があった。三浦さんだった。とたんに胸が騒いだ。白いブラウスにぴったりフィットした短めのスラックス姿だ。バス停にたどり着いた三浦さんに雅紀は近づいて行った。

「今日は残業だったんですか」

黙って通り過ぎるのも変だと思って、雅紀は先に声をかけた。

「今日は、華道部でおけいこがあったの」

三浦さんはかかえていた花束を見ながら答えた。

「お華やってるんですか。いいですね」

それ以上なんて言っていいかわからず、まごまごしていると、三浦さんが微笑《ほほえ》みながら言った。

「井村君の部屋に、花瓶ある？」

「花瓶、ないっす」

雅紀は顔の前で手を振った。

「じゃ、仕方ないなあ。お花あげようと思ったのに。花瓶くらい買いなさい」

姉のような言葉に、素直に「はい」と答えた。バスが来て、三浦さんは乗って行った。窓際にすわった三浦さんの沈んだ表情が見えた。最近、職場でも元気がないように見えた。パソコンの操作をしていても、時々手を止めて、じっと考え込んだりしていた。以前は、三姉妹と呼ばれている女性たちと笑いころげていたが、最近はめったに笑わなくなった。職場もめっきり静かになったというか、華やいだ雰囲気がなくなったように感じた。


雅紀が東京配属になった時、四国から持ってきた荷物は限られていたが、雅紀が衣類を減らしてバッグに詰め込んだのが、ゲーム機だった。バイトで貯めたお金で買った最新のゲーム機で、雅紀のお宝だった。発売日前日から店の前に並んで手に入れたゲームソフトは衝撃的なおもしろさで、苦労して手に入れたかいがあったと思った。

仕事で疲れてアパートに帰ると、カップラーメンで簡単に夕食を済ませてゲームを始めた。ゲームに熱中すると時間のたつのも忘れて、気が付いたら夜中の二時、三時ということも度々あった。当然、職場で猛烈な睡魔に襲われる。昼食後の単調な定期チェックは、つらい作業となった。画面を見ながらキーボードをたたいていても、まぶたが重く垂れさがった。画面の文字がぼやけ、意識が遠のいていく。手は別の生き物のように、しばらく機械的に打ち続けるが、やがて動きを止める。止まるだけならまだいいが、時にはとんでもないキーを押してしまう。コンピュータが不正な命令を実行して、はっと気づくと画面に訳のわからないコードの一覧が、次々に表示され流れて行く。そうなると、当然、隣の赤城や市原の知るところとなり、大目玉を食らう。

「バカ野郎。キーボード打ちながら居眠りする奴がいるか。大切なデータを壊したらどうするんだ」

結局、夜中にゲームをやっていることがばれて、赤城から「今度、居眠りしていたらゲーム機を取りあげる」と脅かされてしまった。落ち込んでいる雅紀に、赤城が席をはずしたのを見計らったように、市原が声をかけてきた。

「いいゲーム機持っているんだって。ちょいっと俺にもやらせてくんない」

先輩なのでいやとも言えず、了解すると市原は毎晩のように雅紀の部屋にやってきた。そして、雅紀をさしおいて、コントローラを占有してしまうのだ。雅紀は不満だったが、先輩に帰ってくれとも言えなかった。市原は十分遊んで堪能すると十一時頃に、ようやく自分の部屋に引き上げる。

「ああ、おもしろかった。さてと、明日も仕事だから寝るとするか。赤城さんに叱《しか》られないようにしないとな」

勝手なものだ。雅紀は、市原が出て行った玄関ドアにティッシュの箱を投げつけた。やっと独り占めできるようになったゲーム機で続きをやろうと思ったが、赤城の怒った顔が浮かんできた。しかたなくシャワーを浴びて、ふとんに入った。

市原の来襲は二、三週間続いたが、さすがに同じソフトでは飽きがきたようで、コントローラを投げ出して伸びをしながら言った。

「今度、新しいソフト買いにアキバに行こうぜ」

「アキバって？」

「秋葉原だよ。新しいパソコンＯＳの発売イベントも見られるだろう」

一応、ソフト技術者なので、最新のパソコンくらいチェックしておく必要があるということでは一致して、日曜日に二人で秋葉原に出かけた。

電車を降りた時から、雅紀たち二人は、同じような風体の男たちの一団に同化していた。ジーンズにスニーカー、ショルダーバッグをたすきにかけた身なりを気にする風もない男たちの集団が、通りに面した派手な広告をかかげた店に吸い込まれていった。店の中では、家電やパソコンなどが、ところ狭しと並べられ、店員の威勢のいい掛け声や音楽が購買意欲をかきたてた。

細い通りには間口の狭い店がびっしり軒を連ねていて、スイッチ、コンデンサー、プリント基板、半導体集積回路などありとあらゆる電機部品を売っていた。ようやくすれ違えるくらいの通路を人の群れが行列をなしていた。雅紀たちは部品には興味がなかったので、横目で見ただけで通り抜けた。

大型店に入って、最新のパソコンの品定めをした後、めざすゲームソフトのフロアに行った。

さんざん迷った挙句、市原と雅紀が選んだのは、最近人気のロールプレイゲームだった。戦士になって、城主のデビルによって城に閉じ込められている姫をモンスターたちと闘い、最後にデビルを打ち破って、救い出すというストーリーだ。

「市さん、半分以上は市さんが使うんだから、半分出してくださいよ」

ソフトは低賃金の雅紀にとって、それほど安い買い物ではないので、恐る恐る市原に交渉してみた。市原は、じろりと雅紀をにらんだ。

「じゃ、こうしよう。二人でゲームして俺が負けたら半分出す」

「市さんが勝ったら？」

どんな条件を出されるのかと思ったが、恐いもの見たさで聞いてみた。

「当然、罰ゲーム」

「どんな？」

「職場の女性にデートを申し込む」

「えーっ」

雅紀は開いた口がふさがらなかった。三浦さんや栗山さんの顔が浮かんだ。張り倒されるのに違いない。職場には他にも女性がいたが、いずれも強そうな人たちだった。

「それにしても、その条件って、不公平じゃないですか。僕が勝っても半分お金が戻ってくるだけなのに、負けたら全額負担の上、罰ゲームも僕だけですか」

「そりゃ、本体を持っているのは、おまえなんだから、最終的には、このソフトはお前のもんだろう。俺が貸してもらうのは、一時だ」

無茶苦茶だが、それなりに市原流の理屈をつけてくる。

「じゃ、せめて罰ゲームだけでも公平にしてくださいよ」

雅紀も粘った。渋っていた市原だったが、店員が二人に不審の目を向けてきたので折れた。

「わかった。俺が負けたら、半分と罰ゲームだ」

ソフトを買い終わると二人は、一直線にアパートに帰ってきた。駅前の店で買ったハンバーガーにかぶりつきながら、交代でゲームをしたが、けっこう難しく、ツボをおさえるのには時間が必要だった。

「じゃ、試合は一週間後の日曜日といたそう」

「承知。くれぐれも刻限に遅れぬよう。巌流島でお待ちいたそう」

ふざけたかけあいをして別れた。だいたい、ソフト技術者はギャンブルが大好きだ。休み時間には、パチスロ、競馬、競輪、競艇、麻雀の話題が、盛んに交わされている。コンピュータ相手に強いストレスにさらされるためだろうか。勝ち負けがデジタルではっきりしているのが、ソフト技術者にあうのだろうか。日頃、雅紀を叱っている赤城にしても、一年に一度、海外のカジノに行っては、ボーナスを全て使い果たすということを、雅紀は市原から聞いた。

市原とのゲーム対決の日になった。朝十一時に姿を見せた市原は、気合十分だった。コンソール（操作機）を持って、「さあ、始めるか」とはやる市原に、雅紀は言った。

「罰ゲームですが、デートの申し込みをするのは外しませんか」

「なんで、怖気《おじけ》づいたか」

にたにた笑う市原にむかついたが、雅紀は考えていた理由を言った。

「人間関係を賭け事にするのは、やっぱりよくないと思うんです。お金だけで十分じゃないですか」

「そんなこと今になって言うなよ。この前、約束したじゃないか」

市原が怒り出しそうなので恐かったが、雅紀は言い返した。

「後でよく考えて、まちがっていると思ったんです。じゃ、市原さんは誰に申し込むか決めているんですか」

「そんなのないよ。なぜなら、俺は負けないからよ」

市原は、自信ありげに薄笑いを浮かべた。

「仮にですよ。デートの申し出を受けた人が、後で罰ゲームだって知ったら、いやな思いをするでしょ」

雅紀は、やっと本音を口にした。それを聞いた市原は、あきれ顔をした。

「おまえ、本気で心配してんのか。俺たち非正規の申し込みを受けてくれる女性がいると思ってんのか。申し込みして断られて恥かくのが罰ゲームじゃないか。それ以外ありえねえんだよ。そういう甘い希望を持ったところが本当に俺は腹が立つんだ。非正規ってのが、どういうものかお前に思い知らせてやる。罰ゲームは絶対変えないぞー」

雅紀は、市原を本気で怒らせてしまったことを悟った。ここで、ゲームをやらないと言ったら何をされるかわからなかった。

ゲームの勝敗はやる前からついていたと言っていい。どんな勝負事でも気合が入っている方が優勢なのだ。三番勝負だったが、雅紀はストレートで負けた。

「一週間以内に、仔細《しさい》を報告しろよ」

市原は、勝ち誇った笑いを浮かべて帰って行った。

デートを申し込む相手は、三浦さんということは決めていた。罰ゲームで申し込んだということでは、傷つけることになると思ったが、そういう強制がなければ踏み出す勇気がないこともわかっていた。でも、機会は訪れなかった。

このまま一週間過ぎたらどうなるかなあと考えた。申し込んだが断られて恥かいたと作り話をすればいいんじゃないか、どうせ市原も確認しようがないはずだと煙草をふかしながら喫煙室で物思いにふけっていた雅紀は、いきなり肩をたたかれて驚いた。

「ごめん。そんなに驚かないでよ」

江川さんだった。なんか仕事でミスったかなと雅紀は、お局三姉妹の次女の言葉に、身構えた。ちなみに、お局三姉妹の長女が三浦さんなら、次女はプロパー社員の江川さん、三女はネット・スターという協力会社の藤井さんという人だということを、喫煙室の無駄話の中で雅紀も知っていた。

「藤井さんが、引き上げることになったの。大げさな送別会はしないんだけど、有志で送る会をしようと思うの。それで遅くなって悪いんだけど、井村さんの歓迎会の意味も含めてやろうということになったんだけど、出てくれる？」

俺は、さしみのつまのようなものかと思ったが、雅紀に断る理由はなかった。二つ返事でOKすると、江川さんは華がさいたような笑顔になった。

「私とみっちゃんが幹事だから、後で詳しいこと連絡するね」

「みっちゃん？」

「三浦光子さんよ」

雅紀は、やっと三浦さんの名前を知ることができた。

ゲームの勝負から一週間たった。市原に正直に話せば期限を延ばされて、いつまでもつきまとわれるにきまっている。

「一応、デートの申し込みをしたけど、まったく相手にされず、撃沈でした」

雅紀は嘘をついてけりをつけようとした。できる限りのさえない顔を作って情けない声を出した。

「で、相手は誰だ」

この質問は想定していた。

「三浦さんに……」

市原は、ひっと喉を鳴らすと、腹をかかえて笑い始めた。

「おまえもよくやるよ」

市原は笑いで息を詰まらせながらも、その時の具体的な様子を根ほり葉ほり聞くのだった。雅紀は想像力を最大限に働かせて、デート申し込みの場面を創作し、市原が満足する様に、いかに自分が惨めな思いをしたか強調した。

第四章　仮想デート

市原には、三浦さんにデートの申込をして断られたと嘘を言ったが、心の中では、雅紀は三浦さんが受けてくれて、二人で楽しい時間を過ごしている仮想デートを、繰り返しシミュレーションしていた。

二人は車から降りると、青い空に鮮やかに浮かんでいる白い灯台に向かって歩いて行った。潮の香りが風に乗って運ばれてきた。

灯台へ続く小道で、雅紀が手を伸ばすと光子の手に触れた。細い指は、驚いて引っ込みかけたが、握り返してきた。少し湿り気を帯びた熱い手だった。

灯台から外に出たところで、雅紀のおなかが鳴った。光子が籠《かご》バッグを持ち上げて微笑《ほほえ》んだ。岩陰の砂の上に、シートを広げた。光子が開けたバッグには、おいしそうなサンドイッチがきれいに並んでいた。

光子が入れてくれたお茶を飲んでコップを返すと、光子は雅紀が飲んだ反対側に口をつけた。

藤井さんの送る会は、最寄り駅の居酒屋で開かれた。雑居ビルの地下一階にある店で、雅紀が店員に案内された部屋に入って行くと既に、藤井さんと江川さんがいた。藤井さんの隣に座って、なごやかに談笑しているのは東邦電気のマネージャーだった。確か名前は宮田といったはずだ。堅物の多い東邦電気の情報システム部門の中では、気さくな人柄でＴＩＳの女性たちとも友達のように話していた。栗山さんもやってきた。やはり女性のネットワークでの集まりのようだ。他には社員や協力会社の若手だけで、気安い雰囲気であった。

姿が見えないなあと思っていた三浦さんが、花束を抱えて、駆けこんできた。

「ごめんなさい。花屋さんで手間取って遅くなっちゃった」

「大丈夫、これ練習だから」

宮田が、おどけてビールのジョッキを持ち上げた。三浦さんは、すわる場所をさがしていたが、空いていたのは雅紀の隣だけだったので、躊躇する様子もみせず、腰を降ろした。

「じゃ、みんな揃ったようなので、始めたいと思います。最初に、宮田マネージャーにあいさつと乾杯の音頭をお願いします」

乾杯が終わると、座はくだけて、みんな運ばれてきた料理とアルコールに、舌鼓を打ちながら、おしゃべりのトーンが一気に上がった。雅紀は、平日は、昼夜は会社の食堂、休日はレトルト食品中心の自炊だったので、飲むよりも、まず腹を満たす方を優先した。みんな勝手にしゃべって話し声がうるさいほどだった。自然と隣の三浦さんとの会話になった。雅紀は隣同士で座れたことをラッキーだったと喜んだ。

「寮の食事は、どうなってるの」

雅紀の食欲を見て、三浦さんが聞いてきた。

「えー、かわいそう」

実情を話すと横から江川さんが、割り込んできた。

「なんとかしないと、栄養失調になって身体壊しちゃうわよ」

「何とかって、どんな」

雅紀が期待して尋ねると、答えが返ってきた。

「三人で、交代で料理すればいいじゃん」

「無理ですよ。料理なんてできません。赤城さんが料理すると思います?」

「そうね。料理する時間があったら、パチンコ台にすわってるか」

江川の的確な批評に座が湧いた。その後、雅紀の実家が四国の海辺だとわかると、「海水浴できるの」「私も行ってみたい」と黄色い声があがった。

三浦さんの飲み物は、ビールからハイボールに変わっていた。顔色は全然変わらず、かなり強いようだ。江川さんが、我慢しきれなくなったのか、タバコを取り出して、周囲に「いい？」と笑いかけてから、吸い始めた。雅紀もつられてポケットから取り出して、一本くわえた時、三浦さんの甘えた声がした。

「私も吸いたくなっちゃった。一本、もらえる？」

「どうぞ」

雅紀がタバコの箱を振って、一本のぞかせて差し出した。タバコを唇にはさんだ三浦さんに、百円ライターで火をつけてあげた。三浦さんは深く吸い込んで、長く煙を吐いた。

「ああ、おいしい。久しぶり」

艶《つや》のある微笑を自分に向けられて、雅紀の心臓が飛び跳ねた。細い指にはさまれたタバコには、赤い口紅がかすかについていた。

飲み放題の終了時間が迫ってきた。江川さんが立ち上がって言った。

「藤井咲さんが引き揚げるのは本当に残念ですが、これまでのご協力に感謝をこめて花束を贈りたいと思います」

花束を渡す役は、三浦さんだったようで、江川さんのあいさつで、急に立ち上がろうとした三浦さんはバランスを崩した。突然、雅紀の上に、三浦さんが倒れてきた。雅紀は、もたれかかってきた光子を、傾きながら必死で支えた。その場にいた全員が声を失った。すぐに起き上がった三浦さんは、真っ赤になって謝った。

「ごめんなさい。ふらついちゃって。大丈夫？　怪我《けが》しなかった？」

雅紀は、ゆっくりと起き上がって、真面目な顔で答えた。

「大丈夫です。ちょっと重かったですけど」

三浦さんは、さらに赤くなって手で顔を覆った。

「いいなあ。僕もー」

宮田が倒れながら、悶《もだ》えるように言ったので、爆笑の渦に包まれた。

店を出ると一次会で帰る人と宮田や江川さんのように藤井さんともう一軒行こうとするグループに分かれた。

「私、これで失礼します。咲ちゃん、元気でね」

三浦さんの顔は、すっかり赤みが消えていた。江川さんが心配そうに言った。

「みっちゃん、ちょっと疲れてるのよ。気をつけてね。そうだ、井村君、送ってあげて。但《ただ》し、送り狼にはならないでね」

雅紀は、三浦さんの家がどこにあるのか知らなかったが、「はい」とすぐに応じた。三浦さんは、別に拒む様子を見せなかった。

三浦さんは、電車の中で、ほとんどしゃべらなかった。乗換を、簡単に説明しただけだった。三浦さんの最寄り駅は、一回乗り換えて三十分くらいだった。

駅からの道には、人通りがほとんどなかった。何か、話したかったが、気のきいた話題は思いつかない。でも、雅紀は、この道をずっと二人で歩いて行きたいと思った。

「この辺でいいわ。送ってくれてありがとう」

曲がり角のところで、三浦さんが立ち止って言った。雅紀は、ここしかないと思って、勇気を振り絞った。

「あの……、よかったら、休みに会ってくれませんか」

背中を見せかけた三浦さんが、ゆっくりと振り返った。そして、じっと雅紀の顔を見つめた。雅紀も本気さを示そうと、目をそらさずにしっかりと三浦さんの目を見つめた。長い時間のようだったが、一瞬だったのかもしれない。

「いいわ」

そう言うと、三浦さんは一歩踏み出して、つま先立ちして、雅紀の頬《ほお》に口づけをした。

「お休みなさい」

さっと、身を翻して去って行く三浦さんの背中を、雅紀は頬に手をやって夢見る思いで見送った。


雅紀は、光子と交際を始めて、雲の上を歩く気分だった。あり得ないと思っていたことが現実になったのだが、まだ、ゲームの中の仮想デートのような感じがしていた。何度も自分の頬をつねってみた。絶対、自分一人の胸の内に秘めておこうと顔に出さないように努めていたが、自然と表情やしぐさに、にじみ出てしまうのは避けられない。気が付くと、いつの間にか、自然と目尻が下がり、頬が緩んでしまっていた。それを、いっしょに仕事をしている東亜ソフトの長谷部に気づかれてしまった。

「井村さん、なにかいいことあったんですか」

「いや、別に」

あわてて否定した雅紀だったが、隠さなければと思う一方で、誰かに話したい、自慢したいという欲求は抑えがたかった。

「長谷部さんは、彼女とデートする時は、どこへ行くんですか」

これくらいは、大丈夫じゃないかと口を滑らせていた。

「えっ、やっぱり彼女ですか。彼女できたんですか。いいなあ」

長谷部が早合点してしまったので、雅紀はあわてて否定した。

「違いますよ。彼女なんている訳ないじゃないですか。でも、もし、彼女ができたらどうするのかなあと妄想しただけです」

「本当に、今では妄想の世界だなあ。学生の時は付き合っていた彼女いたんですけどね。映画見たり、カラオケ行ったり、テニスしたり。……青春だったなあ」

その時、長谷部と雅紀は、共用のパソコンに向き合って、プログラムのテストをしていた。長谷部は、キーを打つ手を止め、昔を懐かしむように視線を漂わせた。

「それで、その彼女はどうなったんですか」

雅紀が突っ込みを入れると、長谷部もため口になった。

「彼女は、大手の保険会社の正社員になってさ。こっちは、請負の常駐で、いわゆる非正規じゃん。ちょっと、引け目感じたし、おまけに深夜残業、休日出勤で会う時間もなくなって、それっきり」

いつも明るく、冗談を飛ばす長谷部が、シリアスな顔で、ため息をついた。長谷部の意外な素顔を見た思いがして、雅紀は驚いた。

「非正規は結婚できないんですか」

「相手が働いてくれたら、結婚はできるかもしれない。でも、子どもはねえ。親が、どうなるかしれないんだから、責任持てないでしょう。子どもに同じ道を歩ませたくないし」

長谷部の語る未来は、どこまでも暗い、夢のない世界だった。雅紀は、そんなことはないはずだと反論したかったが、雅紀の経験では説得力を持った言葉を見つけることはできなかった。

長谷部から現実は甘くないという警告を受けても、自分は例外で、自分の道には雨雲はやってこないと、雅紀は根拠なく信じていた。実際、光子と遊びに出かけると、楽しくて不安は吹き飛んでしまった。

車の運転が得意な光子の提案で、湘南までドライブに出かけたことがあった。光子は、高速道路に入ると、すぐ追い越し車線に移ってスピードをぐんぐん上げた。前の車を次々に追い抜いていく。驚いた雅紀がスピードメータを覗《のぞ》き込むと、光子は、小さく舌を出して、「ごめん、久しぶりだったから、ちょっと調子に乗っちゃった」と言って、走行車線に移った。

お互い歌が好きなので、カラオケにもよく足を運んだ。遠くの店に行くのが、めんどうになって、会社の近くのカラオケ店にも二人で入ることも増えた。

ある朝、雅紀が出勤すると、席についていたＴＥＭＩＳ運用メンバーから一斉に見られた気がした。違和感を覚えながら、周囲を観察していると、確かに意味ありげな視線を送ってくる人が目立つ。特別に強い敵意を含んだ視線が矢のように近くから飛んできた。

「ちょっと、いいか。話がある」

市原が怒っている。一発ぐらい殴られるのを覚悟して市原の後に続いた。奥まった通路の脇に大きな緑色のゴミ箱が置かれているところに来ると市原は振り返った。

「おまえ、俺にウソついたな」

「えっ、なんのことですか」

雅紀がとぼけたのが、よけい市原の怒りに油を注ぐ結果になった。いつもは細い目を三角に吊《つ》り上げて、市原は雅紀を睨《にら》んだ。

「おまえ、三浦さんにデート申し込んで振られたと言ってたよな」

「ええ」

「うそじゃねえか。二人で楽しそうにカラオケから出てくるのを見たって、うわさになってるぞ」

雅紀は、今朝の職場の空気の意味を理解した。

「断られたと思ってたんですけど、その後、ちょっと展開が違ってきて……」

雅紀の釈明は、さらに市原の気持ちを逆なでしたようだった。

「いいさ。せいぜい楽しめばいいさ。お前は俺にウソを言った。けど、俺は本当のことをいうよ。お前が三浦さんに近づいたのは罰ゲームだったたってな」

市原は、口元を曲げて残念な笑いを浮かべた。雅紀も血が一気に頭に上ってきた。先輩としての市原への遠慮は吹き飛び、興奮で、うまく口が回らなかった。

「なんで、そんな邪魔をするんだ。放っといてくれよ。あなたに関係ないだろう」

痩《や》せて小柄な市原より、自分の方が腕力はある。雅紀は、息を荒くして睨んだ。

「あいにく、俺は同類が幸せになるのが許せないんでね。へっ、へっ」

市原は、不気味な笑声を響かせて、踵《きびす》をかえした。

光子が、急に雅紀を避けるようになった。残業してからアパートに帰った雅紀は、携帯を取り上げた。こんな時間に電話しても大丈夫かと躊躇したが、気持ちを抑えきれずコールボタンを押していた。コールが続き、留守録に切り替わった。雅紀は心をこめて光子に会ってくれるよう訴えた。

光子に待っていると伝えた日、雅紀は強い日差しが降り注ぐバス停に立ち続けた。

額やこめかみから汗が吹き出し、首筋を流れ落ちた。日傘をさした年配の婦人が、雅紀を避けながら、横目で不審者をさぐる眼差しを送って通り過ぎていった。もう、これ以上は無理かなと、諦めかけた時、後ろから日傘がさしかけられた。振り向くと、いつの間にか光子が立っていた。光子は、黙ってハンドタオルを差し出した。

「バカね。こんなところで帽子もかぶらずに二時間も立ってたら、死んじゃうでしょ」

雅紀は、よろけて日陰によりながら『やった』と心の中でつぶやいた。喫茶店に入って、雅紀はアイスコーヒーとコーラを立て続けに飲んだ。光子が心配そうに見ていた。飲み終わって、ようやく生きている心地が戻ってきた。

「ごめんね。もっと早く声をかければよかった」

光子が申し訳なさそうに頭を下げた。

「えー、じゃ、前から来ていたの。いつ？」

雅紀が目を丸くして尋ねると、光子はか細い声で答えた。

「言われた時間の二十分ぐらい後」

「ひどーい、すぐに声をかけてくれればよかったのに」

雅紀は、大げさにうらめしそうな声を上げた。腹はたたなかった。光子も迷っていたんだ。ここが分かれ道だと感じていたにちがいない。

「市原さんから何を言われたか知らないけど、僕が光子さんに声をかけたのは、光子さんを一目見た時から好きだったからだ」

雅紀は、ほてった顔をまっすぐ光子に向け目を見ながら断言した。見返す光子の目に、じわりと浮かんでくるものがあった。

「わかってた。市原さんのメールなんか信じなかった」

雅紀が『じゃ、なぜ僕を避けたの』と目で聞くと、光子はうつむいて苦しそうに話し始めた。

「市原さんのメールで、私の方こそ、雅紀さんを利用しようとしているんじゃないかって、気づいて、自分がいやになったの」

「どういうこと？」

雅紀は声に出して聞いた。光子は、しばらくためらっていたが、決心したように顔を上げた。

「今日も遅れたのは、入院している父の見舞いに行っていたからなの。父は……、癌《がん》なの。父も治らないのはわかっていて、最後の願いは私の花嫁姿なの」

光子は、そこで一度息をついで、話を続けた。

「雅紀さんから、デートのお誘いを受けて、うれしかった。私も最初会った時から好きだったから。でも、彼を連れて行ったら、お父さんが喜ぶかもと考えたのも事実なの。私は雅紀さんを利用しようとしたの。ごめんなさい」

光子は頭を下げると、そのまま顔をあげようとせず、肩を小さく震わせていた。そんな光子が雅紀には、とても愛しく思われた。雅紀は光子を抱きしめたい気持ちになった。雅紀が言葉をかけようとした時、光子の携帯がバッグの中で鳴りだした。光子は、あわてて携帯を取り出して耳にあて、「はい、はい。わかった。すぐ行く」と緊張した顔で答えて携帯を閉じた。

「父の容態が急変したらしいの。ごめんなさい。これから、すぐ病院へ行かなくちゃ」

立ち上がる光子に、雅紀も立ちながら言った。

「僕も行く」

光子はバッグを肩にかけるのを忘れて、雅紀を見た。

「無理しなくても……」

「いや、いっしょに行く。さあ、急ごう」

雅紀は伝票をつかんで、先にレジに向かった。

光子の父が入院していたのは、大学の付属病院だった。タクシーで乗り付け、二人して息を切らして病室に駆け込むと、ベッド脇に腰を降ろしていた年配の婦人が疲れ切った顔を上げた。

「お父さんは？」

光子の声で、皆がベッドに横たわる痩せこけた男を見た。男は、白髪の目立つ頭を枕に沈め、点滴の管につながれて眠っていた。光子の母親と思われる婦人は、病人を起さないように、声を潜めて話した。

「さっき、血を吐いたから、びっくりして電話したけど、先生がすぐに手当てしてくれて、今は落ち着いている」

そう言って病人の状態を説明した光子の母は、改めて気づいたように雅紀に目をやり、「こちらの方は？」と光子に尋ねた。

「井村雅紀と申します」

雅紀が名のると、光子が「同じ職場のお友だちなの」と、付け加えた。「そう」とつぶやいた光子の母は、一瞬値踏みをするような視線を雅紀に投げたが、すぐに愛想笑いを浮かべて、「母親の徳子です。いつも娘がお世話になっております」と丁寧に頭を下げた。雅紀も、あわてて「こちらこそ、いつもお世話になっています」と徳子よりも深く頭を下げた。

三人は、病室から離れたところにある談話室に移動した。テーブルと椅子が、何組かあった。パジャマ姿の患者が、ソファーに寄りかかってテレビを見ていた。三人は窓際のテーブルを囲んで座った。

「失礼ですけど、井村さんはお歳はいくつでいらっしゃるのかしら」

徳子に聞かれて、雅紀は正直に「二十一です」と答えた。それは、徳子には想定外だったようで、「二十七？」と聞き返された。落ち着いて見えるのか雅紀は、初対面の人には、たいてい実年齢より年上に見られる。

「にじゅういちです」

今度は、数字をゆっくりと発音した。娘よりも九つも年下という事実は、徳子には受け入れがたかったようだ。徳子のあからさまな落胆の色は、雅紀の心に重くのしかかった。言葉少なになった二人の間に座った光子が、その場を取り繕おうと、一人でしゃべっていた。

「雅紀さんの家は、四国で漁業をしていて、養殖をしているのよね。どんな魚を育てているんだっけ」

話を振られた雅紀は、「魚じゃなくて、海苔《のり》です」と短く答えた。徳子が落胆するのは無理もない。娘より九歳も年下では、頼りないと思うのは世間の常識だろう。でも、ここで、しょげてしまっては先がない。何とか挽回しなければならない。

「それでご兄弟は？」

「弟がいます。高校生です」

「じゃ、長男ですか」

徳子は、声を高くして、身体を少し後ろに引いた。徳子の面接で、雅紀は、さらにポイントを落としてしまった。これで、雅紀が東邦に常駐している非正規社員だと知ったら、徳子は何と思うだろうと不安になったが、その場では、そこまで聞かれることはなかった。

「お父さん、どうしてるかしら」

気づまりになった二人の話題を変えようとした光子の一言に、徳子と雅紀は、救われたように立ち上がった。

三人が病室に戻ると、光子の父親は、ベッドの上で目を覚ましていた。

「お父さん、大丈夫？　心配したわ」

光子が枕もとに近寄って声をかけた。

「なーに。これしき。まだ、死なんよ。死んでたまるか」

意外にしっかりした声だった。父親が光子の後ろに立つ雅紀に視線を向けたのを察して、光子が紹介した。

「こちら、職場のお友だちの井村雅紀さん。ちょうど会っていたところに、お母さんから電話が来たから、いっしょに来てくれたのよ」

「井村雅紀と申します。よろしくお願いします」

雅紀が頭を下げると、父親は上体を起こそうと身体を動かした。徳子が「無理しちゃ、さわりますよ」と注意するのを、「手を貸せ」と叱《しか》った。光子がベッドを操作して父親の上体を起こしてやった。父親は、まっすぐに雅紀を見つめた。

「光子の父の三浦貞夫です。こんな格好で失礼だが、よく来てくれました。さっき、夢を見ておった。目がさめたら……、本当だった。正夢だ」

貞夫の目が赤く潤んでいる。光子があわてて割り込んだ。

「お父さん、ちょっと、誤解しないでね」

「わしには、もう時間がない……。こんなわしの見舞いに来てくれるんだから、そういう気持ちなんだろう。雅紀君」

貞夫の必死のまなざしが胸に迫ってきた。雅紀は腹をくくらなければならないと悟った。

第五章　誓い

「はい、僕は光子さんが好きです。結婚したいと思っています」

自分の声が、どこか遠いところから聞こえてくる気がした。ああ、言ってしまったなと、もう一人の自分が冷静に見ていた。驚いたのは光子と徳子だった。

「雅紀さん、うれしいけど、それ、先に私に言って……」

光子は両手を口元にあてて、眼には涙を浮かべていた。徳子は、オロオロとベッドの周りを動いていた。

「そうか、そうか。ありがとう。雅紀君。光子をよろしく頼むよ。ああ、よかった……。ああ、これで安心した。もう、思い残すことはなくなった」

貞夫は、かすれた声で笑った。そして、少し咳込んだので、徳子があわててベッドを元に戻した。

横になってからも、貞夫は雅紀に、光子の小さい時のことや、好調だった頃の自分の不動産事業について、途切れ途切れに語った。

「わしも二十歳の時、田舎から裸一貫で上京したんだ。雅紀君も大丈夫だ」

さすがに疲れたのか、貞夫は、その言葉を最後に目を閉じた。

先に引き上げる雅紀を光子は、病院前のバス停まで送るとついてきた。

「すみません。相談もせず、あんなことを言って。でも、僕の正直な気持ちなんです」

「わかってる。ありがとう。うれしかった」

光子は並んで歩きながら、雅紀の手をとって、指を絡めてきた。

「誰かが言ってたわ。人生で大切なことは続けざまにやってくるって。本当ね。もう、後戻りできない」

最後の言葉は、雅紀にも覚悟を求めるように、雅紀を見上げて言った。それに応えて、雅紀も光子の手をしっかり握り返した。

「後戻りしません。前に進むだけです」

二人は、つないだ手を振りながら、微笑《ほほえ》んだ。

貞夫は光子の花嫁姿が見たいと言った。貞夫の体調を考えると、時間がなかった。ホテルなどの結婚式場は、数ヶ月先でなければ予約が取れない。途方にくれていた徳子に貞夫が、昔、仕事で関係のあった料亭の座敷でやらせてもらったらと提案した。

料亭が店を拡張する時に、土地の買収で力を貸したことがあったのだ。料亭の主人も恩を忘れておらず、快く広間を貸してもらえることになり、結婚式は一ヶ月後と決まったのだ。それから、大急ぎで四国に帰省して雅紀は、光子を両親に紹介した。二人が新婚生活を始める住居も、最寄りの不動産屋を回ってなんとか探し出し、結婚式の一週間前に引越しするという慌ただしさだった。

結婚式の朝、初秋の空は高く、玄関の脇に植えられた金木犀《キンモクセイ》が匂った。光子は忙しく美容院に出かける準備をしていた。一方、雅紀には時間的な余裕があったが、何をしても集中できず、仕方なくつけたテレビもおもしろくなかった。その時、玄関をたたく音がして出ると、宅急便だった。小包の宛先は光子になっていた。小包は大きさの割には重かった。光子宛に友達からお祝いが送られてきたのだろうと思って、差出人を見ると土岐《とき》さつきとなっていた。

「お祝いかな。土岐さつきさんって、友達なの？」

鏡に向かっている光子に話しかけると、光子の顔がこわばるのがわかった。怖い顔で振り返った光子は、雅紀から小包を奪うように受け取ると、台所に持って行った。雅紀は、なんでお祝いを隠すのかなと思ったが、問うことはしなかった。それから、光子は、すぐに出かけ、雅紀も会場に向かったので、その小包のことは思い出すことはなかった。

　貞夫の知人である料亭の主人が広間に金屏風《びょうぶ》を飾り付けてくれて、結婚披露宴の会場らしくなっていた。出席したのは、雅紀の両親、光子の母親と叔父、職場の黒崎と赤城、江川と藤井、光子の短大時代の友人二人、雅紀の専門学校時代の友人で東京近辺に就職した二人という少人数の宴《うたげ》だった。

　雅紀が羽織袴《はかま》、光子が色打ち掛け姿で登場して披露宴が始まった。黒崎は主賓としてあいさつしてくれた。黒崎は、雅紀を頼もしい若手と持ち上げ、光子のことは職場の庶務を取りまとめてくれているので、家庭でもしっかりした奥さんになるのは間違いなしと太鼓判を押した。雅紀は面はゆい思いがしたが、雅紀の両親は、黒崎のあいさつに真剣に聞き入っていた。

　宴が盛り上がった頃、光子の叔父が顔を赤くして、新郎新婦席に近づいてきた。明らかに酔っていた。雅紀のコップにビールを注ぎながら言った。

「いやあー、馬子にも衣装とはこのことだね。あのみっちゃんが花嫁様とはね。恐れ入った」

　隣で聞いていた光子が苦笑していた。二人だけに通じる微妙なニュアンスが感じられた。雅紀は自分だけ外された感じを受けた。でも、すぐに、お互い今まで別々の人生を歩んできたのだから、それぞれ背負っているものが違うのは、当然だと思い直した。

披露宴が終わるとすぐに、二人で貞夫の病院へタクシーで向かった。貞夫は眠っていたが、光子が呼びかけると、かすかに目を開けた。

「お父さん、雅紀さんと結婚式を挙げてきました。これが、結婚指輪です」

二人で指輪をはめた左手を差し出すと、貞夫は満足そうに微笑み、わずかに頷《うなず》いた。

貞夫の唇がかすかに動いたので、光子が耳を近づけたが、貞夫は目を閉じてしまい、聞き取ることはできなかった。

家に寄って来た徳子を交えて、しばらく貞夫の様子を見守った。

「二人ともありがとうね。お父さんの最後の願いをかなえてくれて」

徳子が、しんみりとした口調で頭をさげた。

「お義父さんにも喜んでもらえて、よかったです」

お互い好きだから結婚したのだが、貞夫のためにもなったのだから、これでよかったのだと雅紀は思った。光子が手を重ねてきた。

翌日は、二人で休みを取っていた。朝、ゆっくり寝て九時過ぎに起きだした。それから、朝食と昼食を兼ねた食事をとって、散歩に出かけた。手をつないで遊歩道を歩いた。平日の午前中なので、歩いている人はいなかった。しばらく歩くと川の堤防に出た。堤防の上の遊歩道を歩いていると、川面から吹いてきた風が汗ばんできた肌に気持ちよかった。

「新婚旅行、いけなかったけど、こういうのもいいよね。ゆっくりできて」

雅紀が、歩きながら光子に語りかけると、光子が雅紀を見上げて、握り合った手に力を込めた。

「私も、これで十分よ。二人でいれば、どこでも楽しい」

光子の健気な言葉は、うれしかったが、心の隅には人並みに、新婚旅行に連れて行きたかったという気持ちがなかったわけではない。でも、貞夫の状態が心配だった。それに実際、お金もなかった。これからの生活を考えると節約しなければならなかった。

最寄り駅に出て、二人で市役所に行き、婚姻届を提出した。

「井村光子」

市役所を出たところで、光子が立ち止り、独り事をつぶやいて笑いを浮かべた。

「変な感じがするかい。でも、会社では、旧姓を使うんだろう」

「なんか、生まれ変わって、新しい光子になったって感じがする」

にこりと笑うと、光子は先にたって、ずんずん歩いて行った。振り返ることなく歩いて行く光子に、置いて行かれる気がして、雅紀はあわてて駆けだした。貞夫の見舞いに行く光子と、駅で別れて、雅紀は家に帰ってきた。喉が渇いたので、台所で水を飲んだ。椅子に座って飲んでいると食器棚の戸に紙が挟まっていた。開けてみると、宅急便の梱包を解いた時の包装紙が挟まっていた。昨日、宅急便を受け取ったことを思い出した。何日も前のような気がした。

箱を持ち上げた重さから食器のような気がした。箱の脇に白い封筒が見えた。封はしていなかった。

貞夫は結婚式から一週間ほどして眠るように亡くなった。葬儀は近親者のみで執り行われた。雅紀は霊前に座り、これからは光子を守る役目を引き継ぎますと遺影に誓ったのだ。

早退した光子が心配で早く退社してきたのに、クリーニング屋のおばさんにつかまってしまった。雅紀夫婦を姉弟と勘違いしていたことを平謝りするおばさんから解放されて家に帰ると、光子の姿はなかった。どこへ行ったのか、実家かなと考えた。メールでもいいから、一言伝えてくれればいいものをと思うと、空腹と疲れも伴ってイライラが募った。

雅紀が光子の実家に電話しようかと思案していたら、光子が帰ってきた。

「早退して、どこへ行っていたんだい。一言伝えてくれればいいじゃないか」

光子は、初めて目にする雅紀の怒った顔に驚いたのか、目を丸くしていた。

「心配させて、ごめんなさい。でも、ちょっと、びっくりさせてあげたくて」

こっちが怒っているのに、光子が笑顔を浮かべている理由がわからず、雅紀は戸惑った。光子はスプリングコートをハンガーにかけると、両手を愛おしそうに下腹部にあてて雅紀に微笑みかけた。

「早退して行ってきたのは、産婦人科」

それ以上は言わず、微笑んでいる。鈍い雅紀にも、やっと伝わった。雅紀は、どう気持ちを表していいかわからず、光子に恐る恐る歩み寄った。

「本当？」

光子は、自信にあふれた笑顔で答えた。

「妊娠二ケ月。お誕生日は十二月」

雅紀は、両手をつき上げて、部屋を一回りした。雅紀が、そっと光子の下腹部に手をあてると、光子が、その上に手を重ねて、「私たちの赤ちゃん」とささやいた。

その週末、用事で駅前に出かけた雅紀は、自転車屋の店先に、スタイリッシュなクロスバイクを見つけて目を奪われた。こんなクロスバイクに乗ってサイクリングロードを走ってみたいと思った。しかし、今の懐具合では手の出ないものだった。しばらく眺めて、ようやく諦めた雅紀は、CDショップの前を通りかかった。光子が大好きな女性シンガーソングライターがCDをリリースしたので欲しいと言っていたことを思い出した。これくらいなら、なんとかなりそうだった。

帰宅すると、光子が夕食を作っていた。ラジカセにCDをセットすると、祈るような女性ボーカルが流れ始めた。曲に気づいた光子は頭をあげ、流し台の前に立ったまま聞き入っている。ゆっくり向き直った光子は、軽くリズムを取り始めた。曲が終わると、雅紀が言った。

「これ、プレゼントだよ」

光子は両手を頰《ほお》にあてた。

「ありがとう。すごくいい曲。心が洗われるよう。この子が生まれるまで、毎日、聞かせてあげるわ」

光子は、おなかをやさしくなでながら言った。それは、わが子の頭をなでる母親の手だった。

東邦電気のコンピュータ関連製品の生産拠点は、山梨県の甲府市にある生産分身会社、甲府東邦電気（ＫＴＥＣ）である。東邦電気は本体には、営業、管理部門、重要な開発部門だけを残し、生産は製品別の子会社が分担している。これらの子会社は、東邦電気が百パーセント出資して設立した会社であり、東邦電気の子どもではなく、分身という意味で、分身会社と呼ばれている。人間の身体に例えれば、東邦電気とＫＴＥＣは、頭脳と手足のようなものであり、その一体性を保つための神経系統の役目を果たすのが、雅紀たち東邦情報システム（ＴＩＳ）が運用を担当しているコンピュータシステムであるＴＥＭＩＳ《テミス》なのだ。これによって、部品の調達から顧客への製品の出荷までの全ての業務が制御されている。

ＫＴＥＣは、東邦トップの肝いりでトヨタ元幹部の指導を受け、トヨタ式生産方式を導入した現場革新活動を強力に推進している。現場革新推進のためには、会社の神経系統であり、ＫＴＥＣ社員も使っているＴＥＭＩＳの改善、効率化が不可欠なので、東邦本体、ＫＴＥＣ、ＴＩＳの関係者で改善会議を定期的に開いている。

雅紀は、製造管理チームリーダーの高屋の代理として、会議に出席することになった。東邦電気の多摩事業場を出発したシャトルバスは、中央高速道路を快適に走っている。約一時間半の乗車時間は、連日の激務に疲れた社員にとって、貴重な睡眠時間なので、ほとんどの乗客が熟睡していたが、初めて乗車した雅紀は、車窓の景色に目を凝らしていた。バスは新緑に彩られた山間を進んでいく。山は幾重にも深く、急峻《きゅうしゅん》である。眼下を見下ろすと、険しい崖の底に、一筋の水流が白波をたてている。急な斜面の中腹には、わずかな集落がへばりついていて、毎日の生活の苦労がしのばれた。長いトンネルを抜けると急に視界が開けて、バスは広大な盆地に向かって落ちて行く。周囲の斜面には果樹園が広がり、桃色の絨毯《じゅうたん》を敷き詰めたように色づいていた。

高速道路を降りたバスは、十分ほどで巨大な灰色のビルが建つ工場の敷地に入った。会議は、KTEC側の都合で、午後三時からとなっていた。事務棟五階の食堂で、天空に白銀の屏風のようにそそり立つ山塊のパノラマを楽しみながら昼食をとったTEMIS関係者には、KTECが初めてのメンバーもいたので工場見学をさせてもらうことになった。雅紀もヘルメットを被り、静電気対策の白い上履きを履いて列の最後尾に連なった。通路には現場革新活動の活動成果を紹介する掲示が並んでいた。

見学はコンピュータ製品の生産工程に従って一階の部品受入れから始まった。トラックで搬入された部品は、納品書をバーコードで読取り、平置きの部品棚に入庫される。

「工場稼働当初は、巨大な立体自動倉庫でしたが、撤去して今は樹脂パイプで組立てた平置きの棚です。みずすましという部品供給係が部品を集めるのには、こちらの方が効率がいいのです」

現場革新活動の事務局をしている若い男が説明してくれた。倉庫の棚の間を、リレーの選手のような青いゼッケンをつけた男たちが忙しそうに動き回っていた。あれが、みずすましと呼ばれる人らしい。

続いて一行は、四階に案内された。四階のフロアにはマザーボードと呼ばれるコンピュータの心臓部分の組立ラインがあった。プリント基板は、電気回路を印刷した何層もの樹脂の板を重ね合わせたもので、表面ははんだがつかないレジストと呼ばれる緑色の樹脂を塗布した部分とはんだをつけるランドと呼ばれる部分がある。まず、ランドにクリーム状のはんだを印刷しておく。クリームはんだを塗ったプリント基板の上に、集積回路等の部品を配置するのは、チップマウンターと呼ばれる設備である。表面実装する部品は、昔の映画フィルムのようなリール状になっている。これらをチップマウンターにセットすると、マウンターが縦横に高速に動いて、正しい実装場所に部品を配置する。

次に、リフロー炉と呼ばれるはんだ付け装置があり、ここで加熱してはんだをとかして部品とプリント基板を接合させるのだ。

「加熱温度とコンベアのスピードをコントロールして全てのはんだを適正に溶かすのがノウハウなんです」

ちなみに、自分はリフロー炉の担当だと説明員は胸を張った。

次に三階に下りると、サーバの組立、検査ラインがあった。

「昔は、コンベアだったのですが、今はセル方式と言って作業者が一台一台、最後まで組立てます」

説明員が指さす一画には、樹脂パイプで組立てた作業台の前に、青い制服を着た作業員が立って作業をしていた。周囲の棚から部品を取って、上からぶらさがっている電動ドライバーを引いてネジ締めをスピーディにこなしていく。

「組立しているサーバは、一台毎《ごと》に構成が違うんですよね」

一行の先頭にいる東邦電気の芝本統括マネージャーが質問した。

「ええ、夜間にＴＥＭＩＳから来た受注情報をＳＦＣで処理して、一台毎の組立カンバンを出力して、それに従って組立作業を行っています」

説明員の回答に、芝本は満足そうに頷いた。ＳＦＣとは、Shop Floor Control の略で、製造ラインを制御しているシステムのことだ。

　忙しそうに立ち働いている作業者の上には、「〇〇電誠」や「××通信」という社名が書かれた看板が、天井からぶら下がっていた。雅紀は、彼らも自分たちと同じ協力会社の人間に違いないと思った。社名の看板を出しているということは、請負ということなのだろう。

　改善会議は、KTECの役員会が開かれる一番広い会議室で開かれた。楕円《だえん》形に並んだテーブルに、KTEC側は、生産技術部のマネージャーを筆頭に、製造部の主任と担当の三名が着席している。対して、東邦本体からは芝本を含めて三名、TISから雅紀を含め三名の合計六名の出席である。芝本の役職は、事業部長級だから、ずいぶん相手に気を使っている。

「先月の東邦の社長巡回でもKTECの現場革新は進んでいると高く評価していただきました」

　KTECのマネージャーは、冒頭から自分たちの成果を自慢した。景気悪化で販売を伸ばせない東邦にとって、現場での生産リードタイム短縮による棚卸削減や生産コスト低減は、唯一の明るい材料なのだ。トップにも認められていると言うことで、KTECメンバーの発言は強気一辺倒だった。

「先月もＴＥＭＩＳの障害でオンラインが半日止まって現場は作業ができず残業でカバーした。残業代を補償してもらいたい」

「ＴＥＭＩＳからの受注データで生産指示をかけているが、生産確定データに不整合があって、朝一の生産指示ができなかった」

「我々の後工程はお客様だ。我々は、お客様に迷惑をかけないように必死に納期を守って、高品質の製品を作っている。ＴＥＭＩＳから見れば我々は、後工程の客にあたる。生産ラインに迷惑をかけないよう、システム障害をゼロにしてほしい」

ＫＴＥＣメンバーの嵩《かさ》にかかった要求を芝本以下のＴＥＭＩＳメンバーは臍《ほぞ》を噛《か》む思いで低頭して聞いていた。

「ちくしょう。言われっぱなしじゃないか」

帰りのシャトルバスを待つ喫煙所で久保田が不満を爆発させた。親会社の幹部相手に歯に衣着せぬ彼らの言い方は、ある意味、小気味よかった。しかし、雅紀もＴＥＭＩＳメンバーなので、ＴＥＭＩＳチームを見下して来る彼らの上から目線には腹がたった。しかし、その時は有効な反論ができずメンバーは悔しい思いを胸に秘めて帰途についた。

間が悪いというか、その夜のＴＥＭＩＳの処理で障害が発生し、対応に手間取ったことも重なって、KTECの製造ライン制御システムに送るデータの転送が約束の時刻より遅れてしまった。

TEMIS運用チームからお詫びと処置相談のメールを送ったにも関わらず、KTECからは、強い調子で非難する返信がメーリングリストに飛んできた。

「度重なるTEMISの障害により、現場は生産活動に重大な影響を受けている。情報システムは現場のサポートをするのが役目のはずだが、何度も改善を要望したにも関わらず危機感のない情報部門が現場の足を引っ張っている。抜本的な改善対策を一週間以内に報告してほしい」

メールが届くと、フロア全体が静まり返った。誰かわからぬ「ここまで言うか」というつぶやきがはっきりと聞こえた。

東邦本体の芝本からも黒崎に正式に依頼があり、午前中に昨夜の障害処置を済ませると、午後に緊急の対策会議が開かれた。

最近六ヶ月の障害について、高屋が分析結果を報告した。元データは、問題処理表だ。TISは、ISO9001（品質管理）の認証を受けている。障害が発生すると問題処理表を発行して、障害内容、原因、処置、根本対策を記載するルールになっている。

自分が対応した夜間障害についてて持たれた検討会のことを、雅紀は思い出した。雅紀は根本対策欄に、営業内で構成確定ルールを徹底すると記入して提出した。検討会の主催者だった久保田は、一瞥《いちべつ》すると吐き出すように言った。

「抽象的だ。いったい誰が徹底するんだ。井村が全営業に指示できるのか」

雅紀は返事に詰まった。営業は雅紀には想像もつかない世界だ。でも、どこの組織にも管理者がいるのだから、その人に依頼して指示してもらうのだろうと考えていた。

「うちから東邦の芝本さんに依頼して、芝本さんから営業管理部に依頼してもらう手順になりますかね」

高屋が口添えしてくれて、その場は終わりになった。しかし、芝本に誰が依頼するのか明確にしないまま検討会は終わった。

「こちらから生産確定情報を送っているんだから、それに基づいて営業システムでガードをかければ済むことなのに、何故やれないんですか」

検討会の後で、雅紀が高屋に聞くと、高屋は困ったように例の柔らかい笑いを浮かべた。

「そうなんだけどね。営業管理部も、それほど力があるわけではないらしいよ。やっぱり、販売の成果をあげている声の大きいところは、そういう制約をきらうから」

「それじゃ、声の大きい営業と製造部門から責められて、板挟みになって苦しむのは我々ばかりってことじゃないですか」

憤慨した雅紀の声が大きくなると、髙屋は、周りを気にして「そうなんだよね」と声を落とした。

髙屋が知っているのだから、今、会議室の上座に腕組みして並んで座っている芝本も黒崎も、そういう事情は承知のはずだ。

「障害はいつ起こるかわからない。生産への影響をできるだけ少なくするために、障害処置を的確に迅速にすること、どうしても相手システムに影響を与える場合は、丁寧に影響を連絡すること。その手順を定めた障害対応マニュアルを作成してほしい」

芝本は、それだけ言い残すと席を立った。

第六章　新しい命

黒崎の指示で、メンバーは分担して作業することになった。雅紀は、夜間障害対応マニュアルを見直す担当に選ばれた。翌日、会議室に集まったメンバー三人は、現行マニュアルを前に頭を抱えた。

「今まで経験して処置できた障害については、多少の見直しはあるかもしれないけど文書化できる。でも、これから起こるかもしれない未知の障害は、その場にならないと、どうすればいいか予想もつかないよ」

ＴＩＳ(東邦情報システム)の社員で、原価チームの関本が、ため息交じりに言った。

「三ケ月前に発生した品目情報の更新遅延なんかお手上げですよ。あれは結局、原因不明のままですよね」

雅紀が、関本に同調して例をあげると、受注チームの長谷部も頷いた。

「あれは、ひどかった。丸二日間処理が終わらない。処理が終わらないから、夜間バッチが始められない。一件の品目情報更新に、何分もかかるんですからね。いつ終わるかわからず、ただ待っているのが、どれだけ辛《つら》いか思い知りましたよ。それにしても……」

長谷部は言いかけて口をつぐんだが、他の二人から続きを促されて、再び重い口を開いた。

「私は、TEMISメンバーは、がんばっていると思うんです。KTECからあんな風に言われると腹が立ちます。でも、これ以上やるには、夜間専用の運用担当者とか置いてもらわないと、やっていけないと思うんです。残業して帰って、寝たと思ったら電話で起こされて一人で緊張しながら障害対応するのは、ちょっとあり得ないですよ」

雅紀は、自分が言いたかったことを、長谷部が口にしたので、完全な同意の意志を込めて頷《うなず》いた。

「夜間専用の運用担当者というのは無理なんですか」

雅紀は、関本に向かって聞いた。長谷部も関本を見つめた。長谷部も協力会社の社員で、年俸制だと聞いた。たぶん、夜間対応の残業代はもらってないのだろう。でも、お金の問題じゃない、人間は二十四時間働けない。こんなことを続けていたら、絶対つぶれてしまう。

「夜間専用の要員となると、運用コストが倍になるから、ちょっと認められないだろうね。それに、必要なスキルを持った人を今の倍の人数揃えられないと思うよ」

関本は、苦しげに答えた。

「上の人たちは、好き勝手なこと言いますけど、あの人たちは、夜ぐっすり寝てるんですよね。僕らと同じ思いをしてから言ってほしいものです」

日頃、温厚な長谷部が興奮して、いつになく過激な発言をしている。

「それなら、じゃんじゃん、エスカレーションで電話して、あの人たちにも睡眠不足を味わってもらおうというのは、どう？」

関本までが、つられて過激に応じている。エスカレーションとは、上位者に電話して対応を求めることを言う。

ＴＥＭＩＳ運用チームが、ＫＴＥＣに回答し、運用改善活動の目標に設定したのは、「夜間処理データ転送遅れ無し連続六十日」というものだった。従来は、一ヶ月（実働二十日）に一度は発生していたから、三倍の目標であった。そのための具体的な施策は、障害対応マニュアルの整備、エスカレーションによる復旧の迅速化という内容だった。精神論だけで、全ての負担を運用担当者に強いるものだったが、運用担当者たちは、言っても無駄だと諦《あきら》めて不満の声を上げることはなかった。

ある日、雅紀が残業して十時ごろに帰宅した。家に入ると、中は暗く光子がふとんを敷いて寝ていた。

「どうした。大丈夫か」

雅紀は駆け寄って声をかけた。

「うん、ちょっと吐き気がして。悪阻《つわり》だと思うけど、夕食作れなかったの、ごめんね」

弱々しく目を開けた光子は、答えるとすぐに目を閉じた。

「いいよ。僕はコンビニで弁当買ってくるから。それより、何か食べたの。果物でも買ってこようか」

雅紀が尋ねると、「何もいらない」と小さな声が返ってきた。それでもコンビニで弁当を買うついでに、フルーツゼリーやリンゴ、野菜ジュースを買い込んだ。

翌朝、いつもより遅く、やっと起きだした光子はパジャマ姿のまま台所に行った。その時、雅紀が寝る前に仕掛けた炊飯器が、湯気を吹き出していた。反射的に口元を押さえて光子は流しに倒れ込んだ。吐くものもなくなった光子は、ふらつきながら、ふとんに戻ってきた。

「ごめん、朝食作れないから自分でなんとかして。今日休むからマネージャーに言っといて」

そう言うと光子は、頭からふとんを被《かぶ》った。仕方なく雅紀は自分で味噌汁を作って、ご飯と納豆、漬物で朝食を済ませた。何も食べないと体に悪いと思って、夕べ買ってきたフルーツゼリーと野菜ジュースを光子の枕元に持っていった。

「少し食べたら」

差し出したフルーツゼリーを見て、光子は顔を背けた。

「あっち持って行って。食べられないんだから」

良かれと思ってやったことを、光子から怒られて雅紀は気分が悪かった。ご勝手にと会社に出かけた。しかし、仕事をしているとだんだん心配になってきた。昨日の昼、会社の食堂でいっしょに弁当を食べた時も、光子は、二、三口箸《はし》をつけただけで「こっちも食べて」と雅紀の方へ弁当箱を押し付けた。そうすると丸一日、何も食べていない。そんなことでは命にかかわるのではないか。仕事が手につかなくなった。ふと、義母の徳子に相談することを思いついた。なぜ、もっと早く気が付かなかったのだろうと思いながら、電話をかけようとフロアから出た。しかし、いざ通話ボタンを押す段になって、指が止まった。徳子が自分のことを頼りなく思っているのはわかっていた。貞夫の意向で結婚は認めたものの好ましく思っていないのは、言葉の端々に出ていた。雅紀も遠慮して、徳子を訪ねることは避けてきた。でも、今は緊急事態なのだ。そんなことは言っていられない。思い直して電話すると、通話中だった。暫《しばら》くしてかけ直したが、何度コールしても徳子は電話にでなかった。

光子の体調が心配で、残業を一時間で切り上げて帰宅した。自転車を裏庭と言うのもはばかられる小さな空き地に止めた。自転車はディスカウント店で買ったママチャリだ。光子と生活を共にするにあたって借りた家は、築二十年の平屋の借家だ。経済的に二人でなんとかやっていける家賃の物件というと、選択の余地はなかった。なにしろ、光子と二人で、光子の両親を支えつつ、自分たちの家庭を営んでいかなければならなかった。貞夫は、昔、不動産業で羽振りがよかったが、自己破産していた。徳子にとって、働くことは思いもよらぬことだった。初めて、光子の家を訪問した時、雅紀は、光子の抱えている現実を知ったのだ。

借家は直角三角形の敷地に建っているので、家の間取りは、八畳の和室の隣が、四畳半の和室と台所で、台所の先が風呂になっている。ただ、和室には、床の間もある。不動産屋の話では、家主が隠居生活のために建てたものらしい。道路の向かいには小さな公園がある。公園の砂場とすべり台で、やがて生まれてくる子供を遊ばせている光景が浮かんだ。会社までは、自転車で十五分の距離だ。

引っ越しの時、宝物だったゲーム機は持ってきたが、雅紀は、ゲーム機を押し入れの奥にしまい込んだ。家族を養う責任の重さを思うと、ゲームをしている場合ではないことは雅紀にも充分に理解できた。引っ越した日、父親の見舞いから帰宅した光子は機嫌がよかった。買ってきた惣菜を使って、てきぱきと夕食を作ってくれた。

「ごめんね。明日は、ちゃんと作るから」

「平気だよ。この餃子おいしいね。どこで買ったの」

「駅前の通りにある惣菜屋さん。いっぱい人が並んでいた。スーパーのよりおいしいって評判らしい」

光子は、すでにこの近辺の探索をして、女性の生活力を発揮し始めていた。

「あなた。お風呂たまったから、先に入って」

光子に声をかけられて、雅紀は我に返った。光子から、あなたと呼ばれたのは、初めてだった。しびれるような響きだった。

風呂の湯は、光子の言葉の余韻を柔らかく溶かしていった。風呂から上がると、和室にふとんが並んで延べられていた。布団の横に、光子の花柄のパジャマが置かれていた。

引っ越した日のことを思い出しながら、玄関に入ると女ものの靴があった。もしやと思ってあがると、母娘がにこやかに談笑していた。

「お義母さん、ご無沙汰《ぶさた》しています」

雅紀が頭を下げると、光子が少し舌を出して言った。

「朝、電話して来てもらっちゃった」

「もう、こんな時ぐらい、気にせず呼んでください。それにしても、男の人は仕事熱心ですね。まあ、うちの人もそうでしたが」

最後の言葉が、胸にちくりと刺さったが、聞こえなかったふりをした。枕もとに夏ミカンが半分残っていた。顔色も今朝と比べて、少しよくなっていた。

「夏ミカンは食べられるんだ」

「私も悪阻がひどくてね。その時、夏ミカンだけは食べられたから、たぶん同じだろうって買ってきたの。やっぱり親子だね」

「そうですね」

調子を合わせて頷きながら雅紀は、複雑な気持ちだった。親子の絆を見せつけられ、やっかみを入れてもしかたないと思いつつ、雅紀は自分の気持ちを扱いかねていた。

「着替えますんで」

隣の部屋に退く雅紀を忘れたかのように二人の女は、おしゃべりを再開した。

髙屋は、ホワイトボードに遅れ無し運用日数六十日と目標を書き、その下に実績日数を赤字で記入した。一日問題なく過ぎると、数字が増えて行った。日数は土日祝日を除く実働日数であった。髙屋が書き替える数字が一つずつ増えていった。最初は、雅紀を含め運用担当者たちは、具体的な対策を打っていない神頼みだから、どうせ、日数が伸びるはずないと懐疑的な目で見ていた。でも、一日一日遅れ無し日数が伸びていくと、その数字を気にかけるようになった。そして、自分のところが原因で、その日数が御破算にならないように、今まで以上に注意するようになった。

遅れ無し日数は、最初三十日であえなくゼロに戻った。でも、原因は上流システムのトラブルが原因だったし、今までの実績を越えたので、チームメンバーは落胆することなく、次のカウントアップに期待をつなげた。出直しの結果、伸びていく遅れ無し日数を喜びながら、雅紀の心にある不安が芽生えた。もし光子の陣痛が始まった時に、ＴＥＭＩＳの製造管理領域の障害が発生したら、どうしよう。最初は、単なる思い付きだったが、だんだんと光子のお腹が膨らんでくると、プレッシャーとなって雅紀の胸に暗い影を投げかけるようになった。光子と赤ちゃんが大事だが、ＴＥＭＩＳ

も放っておくことはできない。そして、どちらもいつ起こるか予想がつかない。

光子の悪阻は、凡《およ》そ一ヶ月で治まった。それまでの食欲不振が嘘《うそ》のように、光子は旺盛な食欲を見せ、それに伴って腹囲が膨らんできた。誰の目にも明らかになって、雅紀は職場の男性たちから冷やかしを含んだお祝いの言葉をかけられた。

「奥さんは、一段とりりしい顔つきになったから男の子だね」

「計算が合うね。二人とも意外と真面目なんだね」

光子は、そんな噂話を意に介せず、ぺったんこのスニーカーを履き、おなかを突き出してマタニティウエアで職場を闊歩《かっぽ》していた。

雅紀は気になっている事を製造管理チームリーダーの髙屋に相談した。髙屋も二児の父親なので理解してくれると思ったのだ。

「夜、陣痛が来た時、ＴＥＭＩＳの障害連絡がくると対応できなくて迷惑をかけます。だから、しばらく夜間対応から外してほしいんですが」

髙屋はいつものように愛想よく頷きながら聞いてくれた。

「わかる。わかる。たいへんだよね。陣痛が始まると家中がパニックになるからね。そんな時には何もできないよ。出産予定日が近づいたら僕が必ず障害対応するから、携帯の電源切っとけばいいよ」

経験者らしく理解のあるところを見せてくれた。夜間対応メンバーから外れるのは一時的なのでドキュメントは直さず、そのままにしておくことになった。高屋の更新している遅れ無し日数が、再び最長を更新した。そして、光子の出産予定日も間近に迫ってきた。

十二月のある夜半、夕方から冷え込みが厳しくなり、北風が容赦なく小さな家を震わせて吹き抜けていった。夜十時過ぎにふとんに入り、寝入りそうになった雅紀は、耳慣れぬ音に目を覚ませた。隣で寝ている光子が唸《うな》っていた。

「どうした。陣痛か？」

雅紀が声をかけると、光子は、しばらく顔をしかめていたが、痛みが和らいだのか頷いた。

「痛むけど、そんなに短い周期で来ているわけじゃない」

「でも、行く途中で破水したら、たいへんだから、早めに病院に行こう」

雅紀は、すぐに起きて服を着始めた。事前に頼んでおいたタクシー会社に電話しようとした時、家の電話がけたたましく鳴り響いた。いやな予感がした。受話器を取ると、不安的中で、ＴＥＭＩＳ夜番の関本だった。

「製造管理チームのＪＯＢがエラー停止です」

雅紀は、頭の血が、すーっと下がっていくのを覚えた。同時に、何故自分に電話がかかってくるのかと思って聞き返した。

「髙屋さんに電話してくれましたか？　しばらくは、髙屋さんが夜間障害対応をしてくれることになっているんですが」

「まず、髙屋さんに電話したけど、全然出てくれなくて。井村さんの携帯にかけたら、電源が入っていませんとくるから、申し訳ないとおもったけど、家電《いえでん》にかけさせてもらったんです」

「大丈夫、僕が引き受けるから」と胸をたたいた髙屋の姿が脳裏に浮かんだが、唇を噛むより仕方なかった。やっぱり、正式に夜間対応者リストから外してもらって、関係者に通知をしてもらっておくべきだったと悔やんだ。

「実は、今、うちの奥さんが陣痛が始まって、これから病院へ行こうとしていたところなんです」

雅紀は、正直に事情を打ち明けた。電話の向こうで、関本が驚きの声をあげるのが耳に入った。

「そ、そりゃ、たいへんだ。実は、エラーコードは、例の『ＯＬＡ―１５５』って奴だから、再実行すればいいと思うんだ。じゃ、井村さん了解ということで、こっちで再実行していいかな」

絶体絶命のピンチを救ってくれる提案だった。いつもは、杓子《しゃくし》定規な関本の予想外

に柔軟な対応に思わず、雅紀は電話口で頭を下げながら、感謝の言葉を繰り返した。

しかし、受話器を置きながら、まずエラーメッセージの内容を最初に言ってほしいと思った。

タクシーが来たので、着替えをすませた光子と乗り込んだ。つなぎあった手を時に強く握りしめてくる光子に、握り返しながら雅紀は一刻もはやく病院に着くことだけを願った。タクシーが信号待ちで交差点に止まった。道に面したコンビニの前には、車が何台も止まり、仕事帰りのサラリーマンが頻繁に出入りしていた。この町は、夜も走り続けている。自分も含め、人々は、一体どこに向かって走っているのだろうという思いが、頭をよぎった。

病院の救急外来に着いた。すぐにストレッチャーで運ばれていく光子の後を、雅紀は追いかけた。雅紀は、病院に出産時の立会いを申し出ていた。分娩《ぶんべん》室の前で待っていると、看護師に呼ばれて白衣を渡された。分娩台に乗せられた光子は、痛みに顔をゆがめている。雅紀はどこにいていいのかわからず、隅の方から様子を見ていた。年配の助産師に「そんな遠くから見てないで、手を握って励ましてあげてください」

と笑いながら言われた。恐る恐る近づいて手を握ろうとしたら、逆に光子の方から、ぎゅっと掴《つか》まれた。「痛い！」と光子が初めて叫んで、身体をよじった。一度、声を上げると堰《せき》を切ったように、光子は顔をしかめて叫び続けた。唸り声と言った方が近い。吹き出した汗が、首筋を流れている。

助産師が光子に呼吸法を指導した。雅紀も保健所の両親学級に参加して、習ったことがあった。

「ヒッ、ヒッ、フー」

「ヒッ、ヒッ、フー、フー」

雅紀も光子といっしょに呼吸した。そして、ひたすら、「大丈夫。がんばれ」と声をかけ続け、光子の手を握っていた。

光子がひときわ大きい声で叫び、いきんだと思ったら、赤い塊が出てきた。それは、静かになった光子に代わって、泣き声をあげた。生まれたばかりの小さな身体で、どうして、こんな声がでるのかと不思議に思うくらいの泣き声であった。

額から流れ落ちた汗と涙がまじりあって、雅紀の頬を伝い落ちた。光子が死にものぐるいで産んでくれた命だった。雅紀は流れる涙をぬぐうのも忘れて、赤ちゃんとわが子を抱く光子を見つめていた。

休みを取ろうかと思ったが、昨夜の障害のことが気になったので、出社した。ほとんど寝ていないが、興奮してアドレナリンが全開しているのか不思議と眠気はない。雅紀にとっては、昨日と今日では世界観が変わるような変化があったが、職場には昨日と同じ空気が流れていた。関本を見つけて、急いで礼を言いに行った。

「夕べは、すみません。あれから、どうなりましたか」

「ああ、再実行で無事正常終了したよ。ところで、奥さんはどう？」

雅紀が待っていた質問を、関本がしてくれた。

「お陰《かげ》様で、子どもが無事生まれました。母子ともに元気です」

大きな声で話したつもりはなかったが、周囲から歓声があがった。次々に、祝福の言葉をかけられた。黒崎からもお祝いを受けた。

「よかったなあ。結婚式で父親代わりを務めたから、私もうれしいよ」

雅紀は、恐縮しながら礼を言った。

「いろいろご迷惑をおかけしましたが、今朝四時に長男が生まれました。ありがとうございました」

朝礼で報告しながら雅紀は、自分たちは黒崎はじめ理解のある職場の人たちに見守られて本当に幸せだと思った。

光子の希望で、子どもに勇紀と名付けた。光子は産後休暇に続けて、一年間の育児休暇を申請した。

家族が増えて、雅紀は家庭での責任をさらに自覚するようになった。守らなければならない者がいる。そのために働くというのは働きがいがあるというものだ。雅紀は、残業も夜当番も厭《いと》わずに買って出た。

職場で人事異動があった。黒崎が昇格して、部長になった。後任には、久保田がマネージャーに昇格した。また、遠距離通勤を続けていた高屋が、家に近い拠点に異動することになった。正式発令の一週間前には内示があり、主だった人たちにも伝えられるが、高屋の異動を久保田から聞かされた時、雅紀は驚いた。同席していた赤城と高屋を交互に見やりながら尋ねた。

「じゃ、製造管理チームのリーダーは、どうするんですか」

雅紀は、自分は誰からの指示で動けばいいんだろうと考えていた。

「新しい製造管理チームのリーダーは、君だ」

久保田は、雅紀の方を指さして答えた。最初、雅紀は自分の後ろに誰かいるのかと思って振り返ったが、誰もいなかった。やっと、久保田が言っていることを理解した雅紀は、思わず「ええっ、ぼ、僕ですか」と叫んでいた。

「そうだ。井村君以外にいないだろう。井村君も経験を積んできたし、一生懸命仕事に取り組んでくれている。髙屋さん、赤城さんとも相談して、井村君なら大丈夫だということになった。よろしく頼む」

評価されたことはうれしかったが、とまどいの方が大きかった。製造管理の機能もだいぶわかってきたとはいえ、開発時点から携わっている髙屋のレベルには遠く及ばない。最終的な判断は、いつも髙屋にゆだねてきた。自分にできるだろうか。髙屋は、人の好い笑みを浮かべて言った。

「もう少し先だと思っていたら、急に向こうから来てくれって言われてね。井村さんには申し訳ないけど、よろしく頼みます。まあ、製造管理領域もだいぶ安定してきたから、大丈夫だよ。何かあったら、相談にのるから」

相変らず、能天気なことだ。異動したらこちらの相談にのる余裕がないことは雅紀でも想像できる。しかし、三人から攻められては、断ることは難しい。仕方ないと思った時に、大切な点に気が付いた。

「でも、そうすると製造管理チームは私一人になってしまいます。私に何かあった時に誰も対応できなくなってしまうリスクがあります」

体制変更を検討する上で、そんな基本的なことが抜けていたとは思いたくないが、三人とも一瞬沈黙してしまった。だが、久保田がおもむろに言った。

「その点は考えてある。外部リンクチームは、仕事量が減ってきている。そこで、市原氏に製造管理チームを兼務してもらうことにしたい。要するに、コスモで外部リンクと製造管理をカバーしあって面倒みてほしい。いいでしょ。赤城さん」

赤城にも初めての話だったようだが、久保田の顔を潰《つぶ》すわけにいかないと判断したのか赤城は「わかりました」と答えていた。

第七章　新プロジェクト

急に、高屋が異動することになり、後任の製造管理チームのリーダーに雅紀が指名された。製造管理チームは自分一人になるので、自分に何かあった時にどうするのかという雅紀の質問に対する久保田の返事は、その場の思いつきのように思われた。コスモの席に戻ると、すぐに赤城は打ち合わせ場に向かった。二人を前に、赤城は咳《せき》ばらいして話し始めた。

「まあ、そういうわけだ。コスモで製造管理と外部リンクを担当しなきゃならない。井村で対応しきれない場合は、俺か市原が応援するから言ってくれ」

市原は、憮然《ぶぜん》としている。要求されたら、雅紀の下について仕事しなければならないことが気にいらないのだろう。

「コスモで裁量していいなら、外部リンクの仕事が忙しい時は、井村に回していいんですよね？」

市原は、自分と雅紀が対等だと主張したいのだろう。

「その時は、まず、俺に相談してくれ」

市原は、赤城の言葉に不満げだったが、それ以上ごねることはしなかった。市原の態度から、製造管理の仕事を、市原に回そうとしても、とても受け入れてもらえないだろうと雅紀は思った。

製造管理領域のリーダーになって雅紀の仕事がさらに増えた。リーダーの連絡会議、KTEC（甲府東邦電気）との改善会議にも出席しなければならないので、会議が多い。会議に時間を取られるので、定時内では実務をこなすことができない。その分、残業が増える。しかも、雅紀は、部下のいないリーダーとして、製造管理領域の仕事を、全て一人で背負わなければならなかった。

TEMISの利用者は、利便性を求めて、機能改訂を求めてくる。窓口は、東邦電気の情報システム部門だが、改訂依頼書はTISに回されてくるので、システム改訂の工数見積りを出さなければならない。それもリーダーの仕事だ。要求者とコンタクトをとり、具体的な仕様変更を詰める。それに基づき、変更対象のプログラムを洗い出し、プログラム変更、テストの工数をはじき出す。仕様変更によって低減される作業工数とシステム改訂に要する工数を比べて、効果があると判断された案件が、正式に東邦電気からＴＩＳに、業務委託として発注されてくる。

利用者からの要求だけでなく、会社の会計など様々な制度変更に伴って、システムの変更が発生する。こちらは、期限が決まっているので、変更規模が大きいと担当者には負荷がかかった。連日の残業、休出（休日出勤）は、さすがに若い雅紀にもこたえた。梅雨の末期で、蒸し暑く寝苦しい。残業で疲れて帰り、眠りについたと思ったら、勇紀が泣き出した。

「はい、はい。勇ちゃん、いい子、いい子。ねんねしようね」

光子は、横になったまま、軽く勇紀をさすってなだめている。しかし、勇紀は、ますます声を大きくして泣き続ける。

「お腹がすいてるんじゃないの」

たまらず、雅紀は起き上がって、光子に声をかけた。すると、ようやく光子も起きて、勇紀を抱き上げた。

「お腹すいてないよね。寝る前に、いっぱい飲んだものね」

そう言いながらも、光子は、胸をはだけて乳首を勇紀の口に持っていったが、勇紀は吸おうとせず泣き続けた。雅紀は、思わず口走ってしまった。

「勘弁してくれよ。こっちは、毎日仕事で疲れてんだから」

言ってしまってから、まずいと思ったが、案の定、光子の気にさわったらしく、光子は、さっと立ち上がると、着替えを始めた。驚いた雅紀は、ほのかな明かりの下で、背を向ける光子に声をかけた。

「どうしたの。こんな時間に」

「疲れている人に、迷惑なんでしょ。散歩してきます。勇ちゃんだって、好きで泣いてるんじゃないのに。赤ちゃんは夜泣きするもんでしょ。私だって、育児で、疲れてるのに。自分だけ、疲れてるように言って」

「わかってるよ。ごめん、悪かった」

雅紀は謝ったが、機嫌を損なった光子は、初めて会った時の三浦さんに戻ったようで取り付く島もない。

「いいです。勇ちゃんと散歩してきますから、雅紀さんは、その間にしっかり寝てください」

光子は、泣き続ける勇紀をだっこ紐《ひも》でかかえて出て行った。夏だから寒くはないだろうが、夜中に出歩くなんて物騒だ。追いかけようと思ったが、なんて言われるかわからないのでやめた。寝ようと思ったが、心配でもあるし頭がさえてきて眠れない。結局、二人が二十分くらいして戻ってくるまで眠れなかった。勇紀は泣き止んでいた。

光子は、音を立てないように玄関を開けて、忍び足で部屋に戻ってきた。雅紀は、背を向けて寝たふりをしていた。勇紀をベビーベッドに戻した気配がした。振り返るタイミングを逸して、そのまま横を向いていたら、後ろから腕が伸びてきて、仰向けにされた。しっとり冷えた肌がかぶさってきた。

それは、雅紀がようやくリーダー業務になれてきた頃のことだった。黒崎主催の会議案内メールが全リーダーに届いた。タイトルは、「ＴＥＭＩＳの新展開について」となっていた。最近は、黒崎はＴＥＭＩＳに関しては、久保田に任せていたから、主催が黒崎になっているのは、ひっかかった。雅紀は、赤城とあれこれ勝手な予想を披瀝《ひれき》しあいながら、会議室に向かった。

会議室の奥には、黒崎と芝本が坐《すわ》っていたが、隣にもう一人、上等のスーツを着た見慣れない年配の男が、愛想笑いを浮かべて坐っていた。会議が始まり、最初に黒崎が発言した。

「ＴＥＭＩＳ運用開始から二年半が経過しました。ＢＴＯ（Build To Order ＝受注生産方式）に対応しているＴＥＭＩＳによって、顧客の受注を受けてから生産着手し、顧客から要求された構成で納入できるようになりました。受注から納入のリードタイムは、従来に比べ大幅に短縮して、棚卸資産圧縮に貢献していると評価されています。

今までは、コンピュータ・ビジネスユニット（BU）だけで運用してきましたが、この度、ネットワーク・ビジネスユニットにも適用拡大することになりました。それでは、ネットワークBU、情報システム部の八島統括マネージャーから、あいさつをいただきます」

芝本の隣に座っていたダークスーツの男は、紹介した黒崎に、笑みを返しながら立ち上がった。恰幅《かっぷく》のいい男は、両手を腹の前で組んで話しはじめた。

東邦電気には、ネットワーク、コンピュータ、半導体の三本柱の事業があるが、通信機器を製造するネットワークBUは、東邦電気の祖業であり、中核的位置を占めている。

「我々、ネットワーク・ビジネスユニットでも、顧客の要求に答えて、BTO出荷に対応すべく検討を重ねてきましたが、新たにシステム開発するには、時間も費用もかかるので、すでに実績のあるTEMISを導入させていただきたいと芝本さんにお願いしたところ、快く応じていただきまして、感謝いたしております。さっそく、プロジェクトを立ち上げて、下期から稼働させたいと考えております」

下期から稼働というと、プロジェクトの期間は約三ヶ月しかないではないかと、雅紀は驚きの目配せを赤城と交わした。

八島が坐ると、隣の芝本が、動揺するリーダーたちを尻目に、満面の笑みを浮かべてしゃべりだした。

「TEMIS開発は、苦労の連続でした。開発した関係者の努力のおかげで、なんとか稼働にこぎつけ、今や着々と成果をあげてきています。ただ、投資が当初より膨らんだので、早急に回収を急ぐ必要があります。ネットワークBUで、導入していただけると、回収が相当楽になるので、コンピュータBUとしても喜んでお受けした次第です。導入時期の厳守に向けて、みなさん、よろしくお願いします」

芝本がしゃべり終わると、今度は八島が坐ったまま、黒崎に向かって付け加えた。

「うちの情報システム部には、BTOシステム運用のノウハウがありませんので、今回の導入プロジェクト、及び導入後の運用を、全てTISさんに委託したいと考えていますので、よろしくお願いします。ちなみに、同じ名前では困りますので、我々のシステムの愛称は、CN—TEMISとします。CNはキャリア・ネットワークの略です」

売上が伸びる黒崎も含め、ひな壇の人々は、喜色満面であったが、出席したリーダーたちは、新プロジェクトの困難さを計りかねていた。そんなリーダーたちの不安を代表して、関本が質問した。

「ＴＥＭＩＳをネットワーク・ビジネスユニットに導入するということは、ＴＥＭＩＳのソフトには、まったく手を入れないという理解でいいのでしょうか」

雅紀も一番知りたいことを聞いてくれたと身を乗り出して回答を待った。三人は誰が回答するのかお互いさぐりあっていたが、芝本に促されて、黒崎が口を開いた。

「八島さんもおっしゃったように、今回の導入は、費用と時間の節約が目的です。ですから、基本的にＴＥＭＩＳを、そのままコピーします。ハードウエアに関しては、先行して手配済です。ただ、ＴＥＭＩＳの開発時期から時間が経っているので、生産されている機器が、新しい型番に切り替わっているものもあります。しかし、単純に最新型番でいいということにはなりません。ＴＥＭＩＳのソフトウエアを可能な限り変更せずに動かすために、データベースのバージョンを変えないことが絶対条件です。そのため、あえてＣＰＵ（中央処理装置）も古い型番を手配しました」

リーダーたちは、ソフトをコピーするだけなら、自分たちの負担はないだろうと胸をなでおろした。しかし、そんな胸の内を見透かすように、黒崎は話を続けた。

「基本的にソフトはコピーですが、そうは単純ではありません。ネットワーク・ビジネスユニットは、対象製品が違い、生産ラインや物流拠点も異なります。ネットワーク部門独自の業務プロセスも変えられないものがあります。その対応の為に、ある程度TEMISのソフト改訂があります」

雅紀は、話が変わってきたなと顔をしかめた。周りからも不安の声が漏れた。

「それでは、我々は、現TEMISを運用しながら、新TEMISを立ち上げなければならないということですか」

関本の悲鳴のような質問に、黒崎は、あわてて取り成しにかかった。

「もちろん、プログラムの開発要員は、協力会社に要請して、派遣してもらうことも考えます。全体の負荷を見て、すすめたいと考えています」

最後に、芝本がざわついたリーダーたちを静めるように重々しく言い放った。

「これは、ネットワーク・ビジネスユニットに、BTOを早期に適用せよという全社の要請に応えるプロジェクトです。協力をお願いします」

製造管理領域の改訂工数の見積りは、約二人月（二人がかりで一ヶ月かかる）であった。通常業務もあるので雅紀一人で、三ヶ月で完了させるには負荷オーバーであった。

雅紀が、応援の依頼をしようと思っていたら、赤城の方から声をかけられた。

「製造管理の改訂工数の見積りはできたか」

「ええ、できました」

雅紀が応援をと言おうとした時、赤城の方が話を進めていた。

「外部リンクチームは接続するシステムが全部変わるので改訂が多い。それと受注チームからも応援の依頼が来ている。受注チームには日頃、外部リンクがらみの障害で迷惑をかけているから、できれば応えたいと思う。でも、製造管理がたいへんなら、もちろん製造管理が優先だ」

雅紀は、赤城の胸の内を思った。それでも、安全のためには応援を頼むべきだと頭では思ったが、出てきた言葉は違っていた。

「製造管理は、大丈夫です。残業と休出で、なんとかがんばれる範囲です」

「そうか。すまんな」

赤城には、いろいろ世話になっている。赤城の顔を立てることができるなら、ちょっと無理するのもしかたない、少し通常業務の手を抜けばなんとかなるだろうと雅紀は考えた。

プロジェクトが始まると、TEMISメンバーは、ほぼ全員毎日午後十時過ぎまで残業するようになった。それでも、雅紀は工数が足りないので、土曜日も出勤した。さらに、改訂作業を詳細に詰めていく中で、雅紀は自分の見積り漏れに気づいた。判断条件の考慮漏れがあって、そのプログラム変更とテストを加えると工数が、さらに八十時間ほど増えることがわかった。しかし、赤城たちは、すでに受注チームの作業に取り掛かっているので、今更こっちの応援を頼むこともできなかった。自分の見積りミスから出たことなので、自分でなんとかするしかない。

翌週の土曜日もTEMISチームのメンバーは、ほとんど出勤していた。疲労が身体中に貼りついたようで重く、目が疲れてまぶたが、しばしば痙攣《けいれん》したように動いた。背中の肩甲骨あたりの鈍い痛みも続いていた。気を紛らわそうと煙草を吸うために喫煙室に行く回数が増えた。インフラチームの安斉も喫煙室に来ていた。

「インフラチームは、ハードの手配が済んでも、まだ忙しいんですか」

雅紀は、安斉の隣の椅子に座りながら話しかけた。

「機器が入ってきても、置いて終わりじゃないから。むしろ、これからが本番なんだ」

安斉は、煙を天井に向けて吐き出しながら答えた。

「オペレーティングシステムをインストールして設定しなければならない。特に、磁気記憶装置を冗長構成にして、一台のハードディスクが壊れても残りのハードディスクで運用継続できるように設定するのに手間がかかる」

「データ保全を厳重にやってるんですね」

「うむ、冗長構成にした上で、毎日、夜間処理の前に磁気記憶装置にコピーをしている。さらに、それをテープに日次と月次でセーブしている」

「さすがプロ。完璧ですね」

雅紀は持ち上げたつもりだったが、安斉は表情を緩めることなく言った。

「おかしいと思わないか。このプロジェクトは。現行のＴＥＭＩＳを運用しながら、同じメンバーで、もうひとつＴＥＭＩＳを導入するなんて。夜間障害対応だってあるだろう。井村さんだって、残業だけじゃなくて、土曜日も出ているんだろう」

「日曜日も出てます」

「えぇー。全然、休みないの」

安斉は、煙草を吸う手を止めて、のけぞって雅紀を見た。

「毎週じゃないですけど」

雅紀は、見積りをミスったので、自分でやるしかないと話した。

「詳細に詰めれば、見積りが変わるのは、当たり前だよ。井村さんの責任じゃないよ。そんなのは、上に言って、調整してもらわなくちゃ。自分一人でかかえこんだら、たいへんだぜ。ＴＩＳとしても先方に請求する金の問題でもあるわけだし」

安斉の話は、少し雅紀の気持ちを楽にしてくれた。だが、見積りが増えたことを、上に相談するのは、気が重かった。相談する相手は、誰か。赤城か、久保田か。ネットワーク部門に請求する費用の取りまとめは、久保田だろう。でも、いきなり久保田に持っていくよりは、やはり赤城に打ち明けるのが順序というものかもしれない。安斉は、考え込んだ雅紀の肩をたたきながら言った。

「井村さんは、真面目すぎるよ。見積りミスを自分の責任だと思い込んで、自分でなんとかしようとがんばってる。上は、そんな性格を利用してるんだ。リーダーだと言ったって、メンバーのいない名ばかりリーダーなのに、リーダー、リーダーと責任ばかり押し付けて。見積りだって、最終的には久保田さんや黒崎さんが承認しているんだから、責任はＴＩＳにあるんだ」

名ばかりリーダーという言葉が、雅紀の心に響いた。常駐して、わずか二年足らずで一つの領域を仕切るリーダーになったと、内心誇らしく思っていた。でも、八人いるリーダーの中で、メンバーのいないリーダーは自分だけだ。確かに、いいように使われていただけなのかも知れない。今まで、人を疑うことを知らなかった雅紀の心に、上の人への不信感が芽生え始めていた。

定時間日の水曜日だったが、家に帰ったのは、いつものように午後十時を過ぎていた。勇紀を寝かしつけて、そのまま眠っていた光子が起きてきて、夕食を用意してくれた。

「どうしたの。食欲ないの？」

箸《はし》のすすまない雅紀に、光子が心配そうに言った。雅紀は、最近、胃がしくしく痛んで食欲がなかった。でも、光子に心配をかけたくなかった。

「いや、残業の時にお菓子を食べ過ぎたせいだよ」

「そうなの。じゃ、お風呂にする？」

風呂に浸かっていて、何度かあやうく眠り込んでしまいそうになった。やっと眠ると、ふとんに手足を伸ばして、至福の眠りに入りかけた時に、枕もとにおいた携帯が鳴った。勇紀が起きてしまう。雅紀は、眠りの淵《ふち》からもがきながら手を伸ばした。

夜当番の関本の声がした。プロジェクトで仕事に追われている関本の声も、抑揚がなく機械的だ。

「製造管理のＪＯＢがこけました。対応願います」

それだけ言うと、電話は切れた。雅紀は起きて、勇紀を起こさないようふとんを出て、隣の部屋に入った。ふすまを閉める時、光子が顔をあげて心配そうに見ていた。

電話口からケーブルを引いて、隣の部屋でパソコンをインターネットに接続できるようにしている。インターネットプロバイダーの利用料は、個人持ちだ。インターネットは個人でも利用しているというものの、この仕事でなければ、高速の光回線にはしなかったかもしれない。自宅からＴＥＭＩＳの障害対応する場合、ネットワークの速度と安定性は、とても重要だ。データを更新する処置を行った際に、ネットワークが切れたりしたらと考えると心臓が凍る思いがするからだ。過去に経験のある障害だったが、焦ったのか手順を間違えてやり直したので、処置と報告を終えたのは午前三時半だった。

雅紀は、いつも午前六時半に起きる。携帯にセットしたアラームが鳴った。ふとんの中で、うつぶせになって頭を枕から引き離そうとするが、頭が重くて上がらない。そんな状態でしばらく悶々としていた雅紀は、背中をさすられた。

「だめよ。もっと寝てなさいよ。会社には遅れて行けばいいのよ。私が電話しとくから」

光子の声が心地よく響いて、雅紀は、もう一度眠りに落ちていった。

午前十時に出社すると、すぐに久保田に呼ばれた。

「ご苦労さん。ところで、製造管理は、なんで日曜日まで休出しなきゃいけないんだ」

雅紀は、安斉が久保田に吹き込んでくれたのかと思ったが、久保田は机の上にある先週の休出届を見ていた。休出届は、事前にマネージャーの承認をもらうことになっている。雅紀は、主任に昇格した関本に、先週の金曜日にだしていたが、久保田の机に置いてある休出届には、まだマネージャーの印は押されていなかった。

「実は、CN—TEMIS対応の改訂で、詳細につめた結果、見積り漏れが見つかって、その分をこなすには、日曜日も出なければならなくなりました」

「そういう時のために、コスモで融通しあうように言っているだろう。なんで、赤城さんに応援してもらわないんだ」

雅紀は、どう答えていいものかわからず、立ち往生してしまった。業を煮やした久保田は、赤城を呼んだ。赤城の席は、久保田の席から離れているから、大声を出さなければならない。久保田の大声に、何事かと、近くの者は身構えた。

「コスモで、外部リンクと製造管理を面倒みてくれと言ったはずだ。なんで井村一人に製造管理をやらせてんだ。なんで、助けてやらないんだ。井村は、日曜日も休出してるのを知ってるのか」

矢継ぎ早に詰められて、赤城は目を白黒させて雅紀を見た。雅紀は、あわてて約八十時間の見積り漏れがあったことを赤城に説明した。赤城は、実は一部受注チームの仕事を手伝っていることを白状した。受注チームの応援は、久保田には知らせず、赤城と受注チームのリーダー安川の間での話だったらしい。

「やすかわー」

久保田の怒声が上がった。雅紀は、これはたいへんなことになったと思ったが、どうすることもできなかった。

「受注チームは、人が多いじゃないか。外部リンクに手伝ってもらって、楽しようとしてんじゃないか」

蚊帳の外に置かれていた久保田の怒りが爆発し、フロアは瞬間冷凍されたように凍り付いた。安川は、ロボットのような感情のない顔で虚空を見つめていた。その時、栗山が近づいてきて、さらっと久保田に言った。

「久保田さん、みんな過負荷になっています。見積りミスとかありますが、みんな自分たちのできる範囲でなんとかしようとした結果です。でも、もう、そうやって対応できるレベルを超えてます。もう一度、実態を把握し直して体制を立てなおしてください。そうしないとみんな倒れちゃいます。そうなったら、TEMISが止まっちゃいますよ」

栗山は、入社三年目の女性社員だが、こういう状況で、久保田に諫言《かんげん》できるのは、彼女だけだった。久保田も振り上げたこぶしを降ろすことができず困っていたのだろう。

「よし、各チームは、所要工数と保有工数を出し直してくれ。共有サーバーに置いてある所要・保有工数表を、今日中に更新してくれ」

久保田の指示に救われた形で、赤城と雅紀は席に戻ろうとした。雅紀が、呆然《ぼうぜん》と立っている安川に声をかけると、安川は、やっと意識がもどったような顔で雅紀を見つめた。雅紀は、青白く魂の抜けたような安川の表情に不安を覚えた。

定時に締め切られた所要・保有工数表では、工数が足りないチームが続出していた。

第八章　送別会

「今から人を入れても、説明して引き継ぐだけに時間がとられてプロジェクトが止まってしまう。かと言って、CN―TEMISの運用開始は、営業に公表している事案だからな。ここで延期したら、黒崎さんの失点になるなあ」

赤城のつぶやきを聞いて、雅紀もたいへんなことになったと痛感した。

プロジェクトの混乱を収拾するため黒崎が動いた。CN―TEMISの改訂案件のうち業務部門のこだわりで改訂対象になったような業務上の必要性が低い案件は、優先度を下げて、取りやめるか運用開始後に対応するように調整して所要工数を減らした。これによる雅紀の製造管理領域への影響はなかったが、受注領域の改訂が減ったために、赤城の応援を受けることができて、日曜日は休めることになった。

CN―TEMISのリリースは、十月の祝日の月曜日を利用し、土曜日からの三日間で行うことになった。当然、従来のシステムから最新データを移行する作業があった。事前に、従来のシステムからのデータ抽出、CN―TEMISへのデータ投入のテストは行っていたが、本番移行のリスクを完全に排除することはできない。特に品目情報は、基本となる情報なので、参照するテーブルが多く、登録に時間がかかることが予想された。移行計画では、途中で三ヶ所の判定ポイントを設け、作業継続か、移行作業を諦《あきら》めて従来システムへの戻しを行うか、ぎりぎりの判断を行うことになった。結局、移行チームは、寝袋を職場に持ち込み、仮眠を取りながらの泊まりこみ作業となった。雅紀も製造管理のデータ移行と、その後の評価で一日休出し、残りの二日も自宅待機で、呼び出しに備えた。

火曜日の朝、CN―TEMISは無事運用を開始した。作業にあたったTEMISメンバーは肩をたたきあって喜んだ。雅紀も初めて経験する大きなプロジェクトだったので、チームの一員として達成感を味わった。

CN―TEMISプロジェクトが終わると、職場に一刻の緩んだ空気が流れた。ある日、雅紀が、臨時処置依頼の処置を終えて、一息ついていると、受注チームの何人かが集まって深刻な顔を突き合わしていた。雅紀は、野次馬根性で何事かと近づいて行った。

「まだ出てこないの？　変よね」

栗山が東亜ソフトの長谷部に声をひそめて言った。長谷部も眉を寄せて答えた。

「もう、二時間は入ったきりです」

「どうかしたんですか」

雅紀が尋ねると長谷部は答えにくそうにして、主のいない机に目をやった。それは、受注チームのリーダーである安川の席だった。雅紀が、なんとなく触れてはいけない空気を感じて、自分の席に戻りかけた時、安川が姿を現した。顔色が悪く、目がうつろで夢遊病者のように足元がおぼつかない様子であった。久保田の怒りの爆発のあった日から一ヶ月がたっていた。あの時より、確実に安川の状態は悪化しているように見えた。それでも席に着くと顔を引き締めて、仕掛かっている書類を手元に引き寄せた。しかし、書類や画面に目をやるが、キーボードをたたくでもなく仕事を進めているようには見えなかった。雅紀が目で長谷部に問いかけると、長谷部はわずかに頷《うなず》いた。

翌日、安川は職場を休んだ。風邪という理由だった。安川の休みは、二日、三日と延びた。一週間ほどして、安川は出てきたが、翌日になると、また出てこなかった。最初、受注チームはリーダー不在のために混乱して、どたばたしていたが、そのうち他の人がカバーして仕事が回っていくようになった。安川は、TEMIS運用開始以来の運用グループのキーマンで、久保田も余人をもって代えがたいと認めた人だ。しかし、繰り返して長期間休み、しかもその間もなんとか業務が動いていくことが明らかになると、自分で不要な存在ですと証明することになってしまう。

長い休みを繰り返した挙句、やっと安川が心療内科を受診してくだされた病名は、恐れた通り、うつ病ということであった。

「安川さん、病休二ヶ月取るみたいだ」

遅い夕食を取りながら、長谷部に聞いた話を、光子に伝えた。

「病休って、何の病気なの？」

光子が心配そうに眉をひそめた。

「メンタルだよ。うつ病の診断が出たそうだ」

「うつなら、二ヶ月は短いんじゃないの。もっと休んでしっかり治した方がいいのに」

「そうだね。でも、長く休んじゃうとシステムのことを忘れちゃうと心配したんじゃないかな。それと、俺たち非正規は、他の人が入ってきて居場所がなくなるってことを、すぐ考えちゃうんだ」

「確かに、仕事も大事だけど、身体はもっと大切よ」

光子が強く言いきった時、勇紀が泣き声をあげた。光子は、すぐにベビーベッドに飛んで行った。勇紀を抱き上げてあやすと、勇紀は泣き止んだ。

「パパとママに来てほしかったのね。パパが帰ってきたよ」

雅紀は、光子に抱かれた勇紀に顔を突き出した。

「パパでちゅよ」

「笑った。笑った」

雅紀と光子は、あやすと笑う勇紀を覗《のぞ》き込んで飽きなかった。


十一月、十二月と休んだ安川は、年明けから出社してきた。正月休みの後だったので、二ヶ月ぶりに顔を会わせた安川も、長い出張から帰ってきた人という感じで迎えられた。朝礼で、マネージャーの久保田が、お決まりの新年のあいさつをした後に、付け加えた。

「今日から、安川さんが復帰ですので、ひとことお願いします」

突然振られた安川は困惑の表情を浮かべたが、短くあいさつした。

「皆さんにはご迷惑をおかけしました。二ヶ月休ませていただきましたので、元気になりました。また、がんばりますので、よろしくお願いします」

頭を下げる安川に温かい拍手が送られた。安川は血色も良くなり、頬《ほお》も丸みを帯びて太った感じがした。席に戻る時、雅紀は安川に声をかけた。

「すっかり元気そうですね」

「ああ、実家に帰って、うまいものたらふく食ったからね。おかげで、だいぶ体重が増えたよ」

「でも、最初からエンジン全開で行かない方がいいですよ」

「そうするよ。無理せずに、慣らし運転でいくよ」

その日は、水曜日だった。初日なので、安川を含め多くの人が早めに帰宅した。夜、雅紀は正月休みの続きの安眠をむさぼった。翌朝、いつもの通り始業時間の二十分前に職場に入ると、ホワイトボードの前に、何人か集まっていた。黒崎も混じっていた。入口から芝本が宮田を引き連れて入ってきた。ホワイトボードにマーカーで書きこんでいるのは、安川だった。雅紀は、ＴＥＭＩＳの夜間処理で受注関係の障害が発生したことを悟った。

「どうしたんですか？」

雅紀は、先に出勤していた赤城に、声を潜めて聞いた。

「受注のＪＯＢがこけて、安川が対応したんだが、復旧に時間がかかった。オンラインが、まだ立ち上がっていない」

「初日からですか。ついてないですね」

「ああ、初日じゃ、安川も頭が切り替わってなくて、手間取ったんじゃないかな。たぶん、あいつ、ほとんど寝てないだろう」

雅紀は、青白い顔を昂然《こうぜん》とあげて、芝本や宮田からの質問に答えている安川を見守るしかなかった。結局、全てのトラブルのフォローが終わって、システムが正常に戻ったのは、午後二時過ぎだった。安川は、障害対応が終わっても、通常通り働いていた。雅紀は、寝てないだろうから、早く帰って休んだらと言おうかと思ったが、安川の厳しい横顔は、はっきりと拒否の意思を示していた。安川のプライドは、病休中にわずかに蓄えたエネルギーを燃やし尽くしてしまおうとしていた。今回の障害対応のストレスは、安川の脆弱な神経に致命的な打撃を与えた。翌日、安川は風邪を理由に休んだ。そして、そのまま、再び出社できなくなってしまった。

二週間後、朝礼で安川が引き上げたと伝えられた。通常は協力会社の社員であっても最後はみんなに引き上げの挨拶《あいさつ》をするのが慣例だった。最後の挨拶もないというのは、なんとも言えない虚しさが募った。特に、TEMISのキーマンと言われた安川であればなおさらであった。

「安川さんに最後の挨拶もできないで会えなくなるなんて、たまらないです。みんなで力を合わせてやってきたのに」

雅紀は赤城にやりきれない思いを伝えた。赤城は息を吐いて目を閉じ、しばらく瞑想《めいそう》していた。

「安川は誇り高い男だ。仕事をまっとうできない自分に一番傷ついているのは、あいつだ。みんなに会わす顔がないと思って出てこなかったんじゃないか。そっとしておいてやるのが武士の情けだ」

赤城らしい時代がかった浪花節だと思った。確かに安川にも、そういう一本気なところがあった。

赤城に反対されたが、諦めきれず雅紀は、同じ話を東亜ソフトの長谷部に持って行った。

「安川さんは、ＴＥＭＩＳ運用の中心を担っていた人だから、せめて最後に送別会くらいやってあげたいと思うんだけど、有志としてできないかな」

長谷部も頷きながら聞いていた。

「うちの会社でも送別会を企画して都合を聞いたんですけどね。本人が遠慮すると言うか、辞退するって、だめになったんですよ」

「どうしてなんですか」

「自分には、みんなに送別してもらう資格がないって、固辞されるんですよ」

「資格って」

雅紀の声が高くなった。

「やっぱり中途半端に、こういう形でやめたのは、安川さんのプライドが許さないいんでしょうね」

「まあ、安川さんとしては、そういう気持ちかもしれないけど、いっしょに働いていた仲間としては、どうしても最後に送別会をやりたいんです。もう一度、かけあってもらえませんか」

間に入った長谷部に無理な注文をしていると思いつつ、強く押してみた。長谷部は困った顔をしていたが、腹を決めたように顔をあげた。

「さっき、安斉さんにも言われたし、仕方ない。もう一度、あたってみますよ。でも、期待しないで下さいよ」

「頼んます」

両手を合わせて大袈裟《げさ》に頭を下げた。長谷部と別れて、雅紀は自分の行動を振り返るとともに、安川の気持ちを考えてみた。

赤城に反対された安川の送別会をしようとしている。でも、いっしょに働いた仲間に最後に一言感謝を伝えるのは、人間として大切にすべきことだ。別に、とやかく言われることではないはずだと思った。

安川は、なぜそこまで自分を責めるのだろう。ＴＥＭＩＳの運用と、ＣＮ―ＴＥＭＩＳの導入で二十四時間、眠らないで働いて、それをやり遂げることが、プロの責任、プライドなのだろうか。どんなに働いても壊れない心と体を持っていることが、プロなんだろうか。確かに、ＴＥＭＩＳグループ全員が、うつになってはいない。病気になった安川は、それを負い目に感じているのかもしれない。でも、それは紙一重だ。雅紀自身、いつ同じようになるかわからない。誰が、うつになっても不思議ではない状態なのだ。だから、安川に自分を責めないでほしい。それにしても、今までおだてあげて持ち上げながら、こき使っていたのに、役にたたないとわかると掌《てのひら》を返すように簡単に契約を打ち切る会社は、なんと冷酷なのだろう。安川は、ぼろ布のようになった身体と心を抱えて、これからどうなるのか不安に苛《さいな》まれているに違いない。不安な思いを自分の中に閉じ込めて安川は一人去って行こうとしている。他人に言ったところで詮無《せんな》いことと諦めているのだろうか。確かに、雅紀には安川を助けてあげる力はない。だからと言って、このまま何もせずに別れるのは、寂しすぎる。悲しすぎる。考えは堂々巡りを繰り返すだけで、時間が過ぎていった。残業時間になって、コーヒーを買いにフロアを出た雅紀に、長谷部がついてきた。二人で自販機の前に来た時、長谷部が言った。

「さっき、安川さんから返事が来て、今週の金曜日なら時間が取れるって言ってます。どうします？」

「じゃ、やろうよ。送別会。手分けして、声をかけよう」

雅紀は、即答した。

「じゃ、決まり。店の予約は俺の方でやるから、コスモとネットスターの声かけ頼みます」

長谷部と手分けして、安川の送別会をやることにした。店が決まれば、声かけは簡単だった。みんな物足りないと思っていたから、声をかけるとほとんど賛成してくれた。ただ、ＴＩＳの主任以上には声をかけなかった。ＴＥＭＩＳの運用では安川と苦労を共にしたかもしれないが、最後は病んだ安川を切って捨てた人たちである。向こうも合わせる顔がないだろうし、安川もいやに違いないと思った。

ただ、いつも残業している人たちが、いなくなるので、ＴＩＳの上の人たちも気づくだろう。土日なら良かったのだが、安川が金曜日しかないというのだからしかたない。自分たちは、ただ安川と最後の別れの言葉を交わしたいだけなのだと腹を決めた。

市原に声をかけようか迷った。個人的にはかけたくなかったが、外すのも仲間外れにしているようでいやだった。断られるだろうと思って声をかけると意外にも、出席すると即答された。

翌日、雅紀は赤城から打ち合わせ場に呼び出された。市原が、ご注進に及んだのだろう。

「雅、なんかコソコソ動き回っているようじゃないか。何やってんだ」

雅紀は、赤城を誘おうか迷って、声をかけそびれていた。赤城は黒崎とも個人的なつながりがあるようだし、コスモ電産の、ここでの責任者という立場もあるから、向こう側のような気もするが、ＴＥＭＩＳのトラブル対応では安川と力を合わせて対応していた仲だった。雅紀は思い切ってぶつかってみようと思った。

「実は、安川さんの送別会を有志でやろうとしてるんです。今週の金曜日ですが、赤城さんも出てくれませんか」

「肝心の安川は出るのか」

「ええ、長谷部さんが確認を取っています。安川さんと会えるのは、これが最後です。出てくれませんか」

赤城は、しばらく考えていたが、ひとつ頷いてから口を開いた。

「それじゃ、出ることにしようか。安川とはいっしょに苦労したからなあ」

雅紀が喜んで礼を言うと、赤城は意識したように渋い顔を作った。

「あんまり勝手に動くなよ。俺に相談してからにしろ」

雅紀は、率直に頭を下げて詫《わ》び、これからは気を付けると約束した。

金曜日の定時のチャイムが鳴ると、送別会の参加者は一人ずつ、又は二、三人のグループで職場を抜けた。参加者の数は、TEMIS運用担当者の約半分だった。この人数なら、TEMISの運用に支障をきたすことはないだろう。黒崎は運よく外出で不在だった。残された久保田も安川の送別会のことはつかんでいるだろうが、負い目もあるので黙認するだろうと雅紀は、読んでいた。ただ、人の感情はわからない。残されて排除される形になったのだから、不愉快に感じるに違いない。たとえ原因が自分にあるにしても。

駅に近い盛り場にある居酒屋が会場だった。寒波の到来で冷たい風が吹く往来から暖房の効いた温かい座敷に入ると、雅紀はほっとしてダウンジャケットを脱いだ。先に来た人たちは、気にいった席に座って話し込んでいた。残るは、東亜ソフトの三人と安川を待つだけだった。雅紀は、来る途中の文房具店で買った色紙を出して、手持ち無沙汰《ぶさた》にしている人に渡した。

「みんなで一言書いて、安川さんに渡しましょう」

渡された男が、「真ん中に何か書いてないと書けないよ」と返してきたので、雅紀は太いマジックで「安川さん、ありがとう」と書いた。

色紙が二、三人にまわった時、長谷部と東亜ソフトのメンバーが姿を現した。安川もいっしょかと探したが、見当たらなかった。長谷部は、ばつの悪そうに立っていたが、隣の男に促されて口を開いた。

「実は、安川さんのお父さんが急に入院されて、安川さんは田舎に帰りました」

席に座っていた参加者たちは、全員、あっけにとられた顔をした。

「それ、いつ連絡がきたの？」

「つい、さっきです」

長谷部の答えに、みんな呆然《ぼうぜん》となったが無理やり納得するしかなかった。

「じゃ、今日は主役のいない送別会か。安川も最後まで、めぐりあわせが悪いな」

赤城が残念そうにつぶやいた。その時、色紙は赤城のところに回っていた。

「せめて、みんなで色紙に感謝と励ましの言葉を書いて送ってあげましょう。その後は、新年会ということで」

雅紀は主催者として、そう言って場を収めるしかなかった。参加者は、気持ちを切り替えて盛り上がろうとしたが、安川の送別会が発端だったので、会は意外な方向に流れていった。そのきっかけを作ったのは、安斉だった。

「安川さんは、長時間過重労働の犠牲者だ。今回は安川さんだったが、我々だって、いつ安川さんのようになるかわからない。残業して疲れて帰って、眠りかけたと思ったら電話で起こされて障害対応なんて、人間のできることじゃない。二十四時間、三百六十五日眠らないで働けっていうことじゃないですか。しかも、ひとたび障害が起こったら、早くしろと煽《あお》られながら、二次障害を起こさないように神経をすり減らして対応しなければならない。こんなの、ひどすぎる」

参加者の中に、TISの社員が一人いた。彼も協力会社の社員同様、日頃過重な労働を強いられている人だった。管理職がいないので、本音が言いやすい雰囲気だった。

「管理職の人だって、夜当番やればいいんだ。そうすれば我々の苦労がわかるよ。朝になってから、連絡先が漏れている、確認不足だって言うだけなら誰でもできるよ。それでいて、高い給料取ってるんだから腹が立つ」

そのTIS社員が吐き捨てるように言ったので、参加者は驚いた。日頃、おとなしくて人当たりの良い性格だったので、よけい衝撃的だった。

全員が安川の次は自分かもしれないという不安と過重な労働への強い不満があっ

た。しかし、協力会社の社員にはためらいがあった。

「まあ、色々不満もあるが、ＴＩＳから切られたら次のあてもないし。まあ、夜番の時は、残業なしで帰るようにするとか、少し考えてくれてもいいよな」

　赤城は議論が過激にならないように、取り繕うような発言をした。協力会社の人たちは、ＴＩＳとの力関係から、半分あきらめていたから、赤城の意見が現実的な線だと思って、多くが頷いていた。

「赤城さんに聞きたいんですが、ＴＩＳと我々の会社の請負契約の中に、夜間対応に対する対価を要求できる項目はあるんですか。あれだけのストレスを伴うものですから、当然割増があってしかるべきだと思うですが」

　安斉が赤城に問いかけた。

「そんなのないよ。残業や休日出勤の対価を別に請求するのは、慣習だよ。でも、我々が拒否したら業務が回らないじゃないか。ＴＩＳより他に、いい条件の請負先があれば、そっちに移る判断はあるかもしれないけどね」

「どっちにしても会社の都合ばかりで、働く人の健康のことは考えられていないんですね」

　安斉が皮肉っぽく返した。赤城は下唇をつきだして、渋い顔を作って返事をしようとしなかった。

「夜間対応は、家族にも影響するんで何とかしたいです。夜、突然電話がかかってくると家の者を起こしちゃうんで、かわいそうなんですよ」

雅紀は自分が今困っていることを言った。夜、電話が鳴ると、どうしても光子や勇紀を起こしてしまう。自分は我慢しても、家族の睡眠を奪うのはかわいそうだった。

「携帯の音量を小さくしたら」

「マナーモードにする」

「でも、そんなことしたら起きられないよ」

「うーん、寝室を別にする」

色んな案を出してくれたが、雅紀以外は全員独身で、贅沢《ぜいたく》な悩みと思っている空気感であった。年齢は、四十歳の赤城を筆頭に全員雅紀よりも年上である。

「ところで、我々の契約は、請負ですよね。請負では、TISは請負会社の責任者にしか作業指示できないはずです。でも、実態は大違いで、TISの社員は請負会社の社員に直接作業依頼してます。中には、東邦電気の人が直接作業依頼している場合もあります。これは、偽装請負という奴で、法律違反ですよ」

安斉の指摘に、雅紀も自分の日常の仕事を振り返った。コスモ電産の責任者は赤城だ。でも、製造管理チームのリーダーである雅紀は、久保田などから直接指示を受けて仕事をし、結果を直接報告している。間に赤城が入ることは考えられない。そんなことをしたら、非効率だし、赤城も依頼される仕事の内容を正確に伝えられないだろう。だが、法律違反、犯罪だ。我々の職場は、そんな所だったのか。偽装請負という言葉が、重く響いた。

第九章　ユニオンって、何？

「法律違反だなんて、穏やかじゃないね。細かい観点で見れば、そう言えないこともないが、大きい観点で見れば、責任者がＴＩＳさんから仕事を頼まれて、作業者に指示しているよ。ただ、仕事の細かい内容は、担当者間で話を詰めるだろうけどね」

形勢が悪いと見た赤城は、早々に引き上げようと腰を浮かせた。

「色々と問題はあるかもしれない。でも、ＴＩＳに仕事がある。我々は仕事がしたい。お互いに持ちつ持たれつだ。仕事ができなくなったらお互いに困るだけだ。あんまり変な入れ知恵をしないでくれよな。井村、お前も早めに帰れよ」

赤城は立ち上がりながら雅紀を振り返った。その目は全然酔っぱらっていなかった。赤城が帰ろうとしているのを見て、長谷部が中締めをした。一本締めで、赤城に続き、参加者は散っていった。長谷部が近づいてきて、「お疲れさま」とお互いに頭を下げた。

「色紙、安川さんの実家に送っておきます。こんなに集まったのを知ったら、きっと安川さんも喜びますよ。ありがとうございました」

この人は否定的なことを言わない。だが、肝心なところでは本心を明かさない用心深さがある。玉ねぎの皮のように何重にも重なりあった請負、派遣構造の中で仕事をしていくには、欠かせない習性なのだろう。

長谷部が帰ると、後に残ったのは安斉と雅紀だけだった。

「別のところで飲み直さないか」

安斉に誘われて、雅紀はついて行った。送別会が早めに終わったので、少しなら大丈夫だろうと思ったし、安斉は一体どういう男なのだろうという興味があった。

寒い中、どこまで歩くのかなと思ったが、安斉が暖簾《のれん》をくぐったのは、同じ盛り場の端にある赤ちょうちんを下げた飲み屋だった。スマートな感じの安斉には似つかわしくない薄汚れた感じの小さな店だった。雅紀は安斉とテーブルに向かい合って座った。

「ここは、よく来るんですか」

雅紀が聞くと、安斉は瓶ビールを二つのコップに注いでから答えた。

「たまにだよ。俺だって、残業で忙しいから、しょっちゅうは来れないよ」

コップを合わせて、「お疲れ」と言って乾杯をした。

「今日の送別会は、井村さんが、みんなに一生懸命に働きかけて実現したんだろう。どうして、他の会社の人なのにやろうと思ったんだい」

安斉は、枝豆を摘《つま》んでうまそうに口に放り込んだ。

「深い理由はないっす。いっしょに働いていたのにあいさつもなくて別れてしまうのは寂しいと思っただけで」

「そうだよな。TEMIS立ち上げから、かれこれ三年、苦労を共にした仲間なのに、使えなくなったからって、ぽいっとぼろ布のように捨てていいはずがないよ。みんなで助けあわなくちゃいけない。でも、みんな見て見ぬふりするんだ」

安斉は、横を向いて壁に寄りかかると、息を吐いた。

「明日はわが身だって薄々感じていても、真正面から認めるのが怖いんだ。自分だけは、今日と同じ日が、明日も続くと根拠なく信じている」

雅紀は、自分のことを批判されているように感じた。安斉は、雅紀の方に向き直り、雅紀の目をまっすぐに見て言った。

「別に、井村さんを責めているわけじゃない。俺も同じだもの。俺は、就活の時、大企業に入って一生上にゴマすって生きるのはいやだと思った。ITエンジニアなら、プロフェッショナルでいろんな職場を渡り歩いてスキルを磨いてステップアップできる。上と合わなければ会社を変わればいい。自由でいいと思って、このキャリアを始めた。ITエンジニアって、まあ、確かに中には、ビル・ゲイツやスティーブ・ジョブズみたいなのもいるけど、あっちは天才。この歳になると、夢物語だとわかる。世間では、考え方ひとつで、成功につながるという自己啓発法が、満ち溢れているけど、それで成功するのは、本を売って、講演をして自己啓発商法をやっている奴らだけだ。

ところで、井村さんは、なんでシステムエンジニアを選んだの？」

安斉に聞かれて、雅紀は専門学校に通っていた頃のことを思い起こした。

「情報工学を選んだのは、どっちかというと理系の科目が得意だったのと、これからはコンピュータの時代だと先生が言っていたからですかね。そんなに真剣には考えなかったです。学校からの流れで自然と、この仕事に入った感じです」

いかにも浅い考えで、世の中に流されて生きてきたと思われてもしかたなかった。

「システムエンジニアの実態は、昔なら飯場を渡り歩いた建設労働者の現代版のようなものだ。道具が、鶴嘴《つるはし》とスコップからパソコンに代わって、使う体の部分が筋肉から頭脳に代わったくらいなものだ。我々を、TEMISの現場に送り込んでいるコスモやネットスターは、本来我々に支払われる金をピンハネしている。我々は、低賃金で長時間働かされ、心身を壊したら安川さんのようにぼろきれのように捨てられる。ひどすぎる」

それは、雅紀も日頃感じていたが、どうにもならないと思って考えるのを避けてきたことだった。どうすることもできない運命のように、ただ耐えて忍んでいくしかないものと思ってきた。

「本当に、変えることができるんですかね。変えるのは、我々がビル・ゲイツになるくらい難しいことじゃないですか」

雅紀は、冗談めかして言った。

「そうだな。確かに、それくらい難しいことだと思うけど、不可能ではないということだ。それに、もしできたら、それはビル・ゲイツになるよりも価値があることじゃないかい。ビル・ゲイツはＷｉｎｄｏｗｓを開発して、大金持ちになったけど、働く人を救ったりはしていないからね。まあ、いくらか慈善活動はしているみたいだけど」

安斉が次元の違うものを比較していると思ったが、とてつもなく大きな話には違いないと雅紀は思った。

「本当に、そんなことできるんですか。我々の給料を上げて、長時間労働を是正して、人間らしい生活ができるようにするなんてことが」

雅紀は、信じられないという顔で、多少皮肉を込めて聞いた。

「できる……らしい」

安斉は、最初は力強く、最後は自信なさそうに答えた。

「どうやるんですか？」

「ユニオンだ」

「ユニオン？」

雅紀は、オウム返しに聞いた。雅紀には、判じ物のような言葉に思えた。

「労働組合だ。労働組合は、労働者が集まって、労働者の権利を守るために活動するところだ」

雅紀が理解できていないことを見て取った安斉が、説明を付け加えた。安斉の説明を聞いて、雅紀の期待は、裂けた風船のように萎《しぼ》んだ。がっかりした表情を隠さずに、雅紀は言った。

「労働組合なら、僕だって知っていますよ。でも、労働組合は今までもあったはずですよね。労働組合があっても、今の状態になった。ということは、労働組合は役にたたないというか、労働組合があっても、どうにもならないということじゃないですか」

言った当人が悲しくなるほど至極妥当な論理だ。

「当然だけど、労働組合は、本来、会社から独立していないといけない。でも、日本の労働組合は、企業内労働組合がほとんどだから、当然、会社の介入を受ける。次第に会社の存続と業績を最優先に考えるようになる。会社が労働組合の役員を指名して、退任した役員は、会社の管理職になっている。これでは、とても労働組合とは言えない。だけど、ヨーロッパの労働組合は、産業別や個人加盟で組織されている。労働者の賃金、労働時間、休暇などの労働時間は、産業別に統一されている。企業間の公平な競争の基盤となるから当然という考えだ。我々の業界でも、やっと産業別のユニオンができたらしい。労働者の立場にたって、経営者と対峙できるまともなユニオンらしい。一人でも加盟できるということだ」

安斉の語尾が気になった。

「それは、どこからの情報ですか」

「この前、東邦の門前で、配られていたビラに情報ユニオンと書いてあった。インターネットで検索してみたらホームページがあって、詳しい内容が書かれていた。今しゃべった話は、そこからの受け売りだ」

安斉は、なんのてらいもなく、率直に答えた。

「今回、井村さんは安川さんに同情して送別会を開いた。そういう仲間を思いやる気持ちが、労働組合の原点だと思う。どうだい、一度、いっしょに情報ユニオンを訪ねてみないか」

安斉の真剣なまなざしに捉えられて、雅紀は答えに窮した。その時、光子と勇紀の姿がまぶたに浮かび、「変な入れ知恵しないでくれよ」という赤城の声が聞こえた。雅紀は、我に返った。

「いや、俺なんか全然、そんな器じゃないっす。今回のは、ただ安川さんと最後に飲みたいと思って、突っ走っただけで」

顔の前で手を振り、ひたすら大それた考えのないことを強調した。安斉の目の光がふっと弱まり、かすかな笑みが口元に浮かんだ。

「突然、こんな話して、びっくりさせてすまなかった。でも、自分たちのことは、自分たちが声を上げない限り、解決しない。よく考えようじゃないか」

安斉が、「おやっさん、勘定」と言って席を立った時、雅紀は、ほっとしたと同時に、もっと話したいという気持ちも感じた。

家に帰って、台所で水を飲んでいたら、光子がナイトガウンを着て起きてきた。

「安川さんの送別会、どうだったの。たくさん来た？」

光子も、安川のことは、よく知っているので気になったのだろう。

「それがね」

雅紀は、主役のいない送別会になった顚末《てんまつ》を話した。

「本当に、安川さんは、かわいそうね。お父さん、良くなればいいけど」

雅紀は、宴会の続きで、会社への不満が続出したことを話した。

「特に、夜間障害対応には、みんな、うんざりしている」

「そうよね。残業して帰って、寝たと思ったら、起こされるんだもの。私も、雅紀さんの健康が心配だわ」

「僕は、光子と勇紀を起こしてしまうのが、いやだ」

「本当になんとかしてほしいけど、どうにもならないわね」

光子が、ため息をついた。

「方法がないわけじゃないらしい」

雅紀が口を滑らせると、すかさず光子が興味を示した。

「ユニオン、つまり労働組合に入って、会社に改善を申し込むんだ」

「労働組合って、そんなことしてくれるの？　東邦電気に友達がいるけど、労働組合って、組合費を取るだけで何もしてくれないって言ってたけど」

「うん、でも、会社から独立した産業別の労働組合は、会社と腐れ縁がないから、はっきり要求できるらしい」

　確信をもって、光子を説得することができないことを雅紀はもどかしく感じた。

「それって、誰からの情報なの」

「うん、ネットスターの安斉さんが言っていたんだけど」

　雅紀も、素直に情報源を明かした。

「安斉さん、ちょっと変わった人よね。前に、久保田さんから藤井さんに女性陣でフロアの掃除をしてくれって言われた時、女性にだけやらせるのはよくないですよと言って、自分も掃除をしてくれたことがあったわ」

「へえ、そんなことがあったんだ」

「確かに、当事者が、前に出て声をあげないとよくならないんでしょうね。誰かが、やってくれるんじゃないかって、周りに期待しているだけじゃだめね」

　意外な光子の反応に、雅紀は驚いた。

「でも、ユニオンというのは、ちょっと慎重にやった方がいいと思ったから、安斉さんに誘われたけど、そんな器じゃないって断った」

「そうなの。そんなことないと思うけど。雅紀さんは人のために行動できる人だと思う」

光子の買いかぶりは嬉しかったが、雅紀は議論を終わりにして、早く寝たかった。酔いが回っていたし、明日も仕事だ。古い借家は気密性が低くストーブを止めた夜間は、外気並みに室温が下がるので、寝床にもぐりこんで温まるしかない。

月が変わった最初の朝礼で、久保田が異動者を紹介した。

「今月から、TEMIS運用グループに入ってもらう清水さんです」

衆目を浴びた清水は、緊張した面持ちで瞬《まばた》きして、一礼した。

「ご紹介いただきました清水稔と申します。ネットワーク部門のコンピュータセンターで、インフラを担当してきました。よろしくお願いします」

インフラ担当をしてきたTIS社員の清水が、TEMISグループに加わるのは、どういうことなのだろうと、雅紀は、そっと安斉の方を見た。安斉は、何事もなかったように平然と端正な横顔を見せていた。

清水は、その日から自分に割り当てられた席にいるより、ネットスターの席にいることが多かった。安斉と談笑しながら、業務の説明を受けているようだった。

翌日、喫煙室で安斉といっしょになったので、雅紀は気になっていたことを尋ねた。

「清水さんが入って、インフラチームは、どうなるんですか」

安斉は、すぐには答えず、長い煙を吹き出してから、ようやく口を開いた。

「先手を打たれたな。元々、久保田さんは俺を煙たがっていたからね。以前から画策していたんだろう。昨日、うちの営業に確認した。俺の契約は、今月いっぱいで更新はないと言われた」

「えー、ひどい」

雅紀は、思わず声を上げた。

「まあ、我々は、そんなもんだよ。駒のようにあっちこっち飛ばされる。もう次の仕事も決まっていて、某自動車会社のコンピュータセンターの更新プロジェクトだそうだ」

安斉は、自分の進路を他人事のように話した。

「この前言っていた情報ユニオンに相談してなんとかならないんですか」

雅紀の問いに、安斉が答えかけた時に、喫煙室に入ってきた男がいた。同じフロアで見かけるＴＩＳの社員だった。安斉は、「出ようか」と言って先に立ち上がった。

「昼休みに、食堂で飯食って、グランド脇の喫煙場で話そう」

職場に戻りながらの安斉の提案に、雅紀は頷《うなず》いた。

五階建てビルの一階に社員食堂があり、この事業場で働く人は誰でも利用できる。

ただ、支払いは、東邦グループの社員は、社員証カードで自動支払いができるが、雅紀たちはプリペイドカードを事前に購入する必要がある。食堂には、六人掛けの長テーブルが整然と並んでいて、凡《およ》そ千人は収容できる広さがある。メニューは、三種類の定食、うどん、そば、ラーメン、カレーライスなどがある。食堂は、新しい四階建てビルの一階にもあり、そちらは、おしゃれなカフェテリア形式になっている。雅紀が場所を取っていたテーブルに、安斉が定食のトレーを持って座った。

「久しぶりに食堂にきたけど、なんか人数が減ったんじゃないか。一年前ぐらいに来た時は、定食を受け取る人の行列が通路の方まで伸びていたけど、今は食堂の外まで出てないものな」

雅紀も、頭をあげて食堂の中をながめた。

確かに空のテーブルがある。以前はトレーを持って空いたテーブルを探して、歩き回る人の姿があったものだが、いつの頃からか見なくなった。

「東邦も業績不振で、人を減らしているって聞くから、そのせいかな」

安斉は雅紀の返事を待たずに、つぶやいた。

雅紀は、「そうですね」と言って、光子が作ってくれた弁当を開いた。

「おっ、愛妻弁当か。いいなあ」

安斉が、うらやましそうに覗《のぞ》き込んだ。光子は、毎朝、栄養バランスを考えた彩豊かな弁当を作ってくれる。今日のおかずは、真ん中に肉団子が入っている。

食事を終えて、二人は食堂の裏にある喫煙スペースに行った。ここは、五階建てのビルと、体育館、プールに囲まれた小さな広場で、中央に大きな灰皿が台の上に置いてある。四方に置かれたベンチでは、ヘビースモーカーたちがうまそうに食後の一服を楽しんでいた。安斉と雅紀も運よく空いていたベンチに座った。

「あの時は、威勢のいいこと言ったが、今の自分に当てはめて考えてみると、交渉するのはかなり難しいんだよな。引き揚げさせられるのは、解雇じゃなくて、契約の満了に伴うものだから、取り消しの要求は難しいだろう。長時間過重労働については、みなし残業代を支払っていると反論するだろうし、夜間障害対応は、緊急対応だから拒否できないとなるに違いない。

一番勝てそうなのは、安川さんが過重なストレスでうつ病を発症したと告発するケースだけど、うつ病をかかえながら、さらにストレスのかかる裁判とか交渉をやるのは、症状を悪化させかねない。

こんな結果になるのは自分が、この職業を選んだからで、いやなら、別の職業につけばよい。全ては、おまえの自己責任だと言われて終わりのような気がする。そうじゃないと思うんだけど、社会が請負や派遣を認めていて、法律が存在するからなあ。

情報ユニオンのビラやホームページを見ても、正社員がリストラで退職強要を受けているとか、いじめで劣悪な処遇を受けているケースはでてくるけど、我々のような非正規の問題は、あまり取り上げられていない。

我々非正規の中には、個人事業主の人も混じっているしな」

「すみません。個人事業主ってなんですか」

雅紀は、耳慣れない言葉だったので、割り込んで聞いた。

「個人事業主ってのは、一人親方で、個人でやっている自営業者みたいなもんだ。今風にいうと、フリーランスというのかな。我々の近くにだっているんだぜ。どっかの協力会社の名前を騙《かた》っているけど、実は、個人でやっているって人がいる。我々は、個人事業主だという考え方が、使う側にも、我々使われる側にもあるんだと思う」

「結局、全て自己責任ですか」

「うむ、いろいろ考えたけど、どうしてもそこから抜け出れないな。おかしいとは思うけど。とにかく、今は雌伏の時だな」

安斉は、煙草をもみ消して、灰皿に入れた。今まで、広場を照らしていた太陽が雲に隠れると、とたんに寒さが忍び寄ってきた。昼休み終了の予鈴がなると、広場にいた人たちは、一斉に職場に散っていった。

約二年が過ぎ、光子と雅紀の息子、勇紀は今日、三歳の誕生日を迎えた。光子は、育休を一年間取った後、仕事に復帰した。勇紀は、一歳から保育所に通っている。朝は雅紀が送って行き、帰りは光子が迎えに行く。雅紀は、あいかわらず毎日、残業で遅いが、今日は特別な日だ。今日は、東邦電気やTISのボーナス支給日でもある。ノー残業デーになっているので、事業場で働く正社員、嘱託、パート、派遣社員、請負の協力会社社員など様々な人たちが、それぞれの思いを抱えて家路を急いでいた。

雅紀は、定時のチャイムと共に職場を飛び出た。今日は、雅紀が勇紀を迎えに行き、光子は先に帰って誕生会の準備をすることになっている。

雅紀が駐輪場に急いでいると、騒がしいスピーカーの音が二つ入り混じって聞こえてきた。お互い音量で上回ろうと競いあっていた。はっきりとは聞き取れないが、いつもの義援金の訴えらしかった。

正門に近づくと、門の内側では東邦電気労働組合の役員がカンパ箱を椅子の上に置いて病気で休業している人たちへのカンパを訴えていた。通り過ぎながら、コインを入れている人が多かったが、雅紀は入れずに通り過ぎた。コスモ電産のボーナス日は来週だし、東邦電気の労働組合と雅紀は何の関係もない。

門を出ると、歩道の脇で数人の男たちがビラを配っていた。労働組合のスピーカーの音と競い合っていたのは、ハンドマイクで訴えていた中年の男の声だった。

「東邦カスタマサービスは利益を上げているのに、目標に届かなかったからとリストラを進めています。個人面談で、君の仕事はないと言われても私は絶対にやめませんと言いましょう。協力会社の人も雇用は大丈夫かと心配の声が上がっています。協力会社の皆さん、リストラ、雇用問題で困った時には情報ユニオンに相談にきてください」

雅紀は今まで、門前ビラを受け取ったことはなかった。今日ももらわずに通り過ぎようとしていたが、情報ユニオン、協力会社という言葉に、思わず差し出されたビラを受け取った。でも、保育所に急いでいたので、詳しく読まずビラは折りたたんでコートのポケットに入れた。

第十章　忍び寄る不安

自転車を保育所の門外に停め、出会った保育士に挨拶しながら、二階にあるたんぽぽ組の部屋に入る。雅紀に気づいた勇紀が突進して飛びついてきた。雅紀は、ゴム毬《まり》のように跳ねる勇紀の身体を受け止め、頭上に差し上げた。

「ただいま。勇紀、元気にしてたか」

勇紀は大喜びで、雅紀の腕の中で、手足をバタバタ動かしている。何回か上げ下ろしをしていると、勇紀のしっかりした重みで腕が疲れてきた。我が子の成長を実感する瞬間だ。満足した勇紀を床に下ろして、連絡帳や衣類を袋に入れていると、担当の杉本が寄ってきた。

「今日は誕生会なんですね。連絡帳に書いてありました。勇紀君も楽しみにしていて、一日中はしゃいでいましたよ」

杉本も二人の子どもを持つ四十代の母親で、保育所での子どもの様子を丁寧に教えてくれる。子どもや保護者の立場で考えてくれるので、光子も信頼し相談しているようだ。

勇紀は自転車の前の椅子に座るのが好きだ。ヘルメットをつけ脇の下に手を入れて、「よいしょ」とかけ声をかけると、勇紀も合わせてジャンプしてくれる。走り出すと、勇紀が興奮して動くので、ハンドルを取られそうになる。

「勇紀、危ないから、じっとしてろ」

叱《しか》ると、しばらくおとなしくしているが、すぐに手足を動かし始める。多動症かしらと光子が心配するので、雅紀が実家の春子に聞くと、「おまえもそうだった」と一笑に付された。

家に着くと、自転車から降りた勇紀は、一目散に玄関に駆けていく。玄関に飛び込むと靴を脱ぎ散らかしたまま、台所に向かう。そして、キッチンで包丁を使っている光子の脚に抱きついた。光子は、包丁を持ったまま、「お帰り」と勇紀がだきついた腰を振った。勇紀が声をあげて笑っている。二人の様子を後ろから見て、雅紀は持ち帰った袋から連絡帳を取り出し、汚れ物を洗濯機に入れた。

「ちょっと待っててね。もうすぐ、ごちそうできるから」

光子に言われて、勇紀は素直におもちゃで遊び始めた。雅紀は、奮発して買ったビデオカメラの準備を始めた。今日の誕生会を撮影しておこうと思ったのだ。勇紀が大人になった時、三人で大笑いしながら見るに違いないと思った。

テーブルに光子の手料理が並んだ。勇紀の好物ばかりだ。勇紀は興奮して待ちきれない様子で、手足をバタバタ動かしている。最後に光子がケーキを運んで来てテーブルの真ん中に置いた。蝋燭《ろうそく》を三本たてて火をつけた。

「さあ、誕生会の始まりです。勇ちゃん、三歳おめでとう」

光子の言葉で誕生会が始まった。雅紀は笑う勇紀の顔をアップで撮影した。お誕生日の歌を歌い終わって、勇紀が蝋燭の火を消そうとするが、ふーふー言っているばかりで息が届かないのかなかなか消えない。光子が横からいっしょに息を吹きかけて、やっと消えた。

ビデオを三脚にセットして、雅紀もビールと手巻きずしに舌鼓を打った。

「じゃ、第二部は歌合戦だよ。パパはカメラマンだから、勇紀とママが歌って」

雅紀がカメラを構えて言うと、光子が「パパ歌わないんだって、ずるいね」と勇紀に話しかけている。最初、勇紀が保育所で歌っている『犬のおまわりさん』を歌った。

「じゃ、次はママの番ね」

雅紀が催促すると、光子はまんざらでもない様子で、歌う姿勢になった。雅紀がC

Dをプレゼントした曲、勇紀がおなかにいた間、毎日かけていた曲を光子は静かに歌い始めた。勇紀が静かに聞き入っている。雅紀もカメラの操作を忘れて、光子の歌に聞き惚れていた。突然、光子の声がかすれて、咳き込んだ。

「いやんなっちゃう、風邪ひいたのかな」

歌うのをやめた光子は、繕い笑いを浮かべて、勇紀に話しかけた。

「勇ちゃん、この曲、覚えてる？　ママのおなかの中で聞いてたでしょう」

光子の問いかけに、勇紀は「うん」と大きく頷《うなず》いた。それには、光子も雅紀も大笑いした。

勇紀を風呂に入れて寝かせると、二人して片づけと明日の準備を始めた。雅紀は自分のコートをハンガーにつるそうとして、ポケットに入れたビラに気づいた。門前で配られていたものだ。雅紀は、椅子に腰かけて、ビラにじっくり目を通した。

「東邦カスタマサービスで、リストラをやっているんだって」

雅紀は、洗濯籠をもって通りかかった光子に声をかけた。

「そう言えば、課のミーティングでは、東邦グループの経営状況が良くないって、久保田さんが報告していたわ。二期連続の赤字になりそうなんだって」

光子は、洗濯籠《かご》を下に置いて、雅紀の持っているビラを覗き込んだ。

「それ、なあに」

「うん、今日、帰りがけに門前で情報ユニオンという労働組合が配っていたんだ。安斉さんが言っていたユニオンだよ」

「安斉さんね。今、どうしているのかしら」

光子が洗濯籠を持ち上げたので、雅紀もビラと料金受取人払いのアンケートはがきを机の引き出しにしまって、光子の後を追った。毎日、山のような洗濯物があった。

翌日は、朝から冷たい雨が降っていた。雨の中、勇紀を保育所に送って行くのは、難儀なことだ。勇紀にブルーの合羽《かっぱ》を着せ、着替えやタオルの入った布袋を大きなビニール袋に詰め込んだ。自分もジャケットの上から合羽を着た。テルテル坊主になった勇紀をだきあげると、勇紀も声を合わせて飛び上がる。両腕にかかる重みに愛おしさを感じる余裕もなく、時間に追われて、自転車の前の席に座らせた。

「行ってきます」

庭に見送りに出てきた光子に声をかける。

「行ってらっ……しゃい」

光子が返した声が変だった。しゃがれている。昨日は、風邪だと言っていた。雅紀は光子を振り返った。でも、時間がなかった。雅紀は喉に何かひっかかった思いをしながら、自転車をこぎ出した。視界の隅に喉《のど》に手を当てている光子の姿があった。

昼休み、雅紀は光子と向かい合って、社員食堂のいつものテーブルに座った。光子が弁当を渡してくれた。

「いただきます」

光子の声が気になった。朝よりは良くなっていたが、やはりかすれている。

「風邪ひどいの？　熱は？」

雅紀が心配して尋ねると、光子は微笑みながら首を振った。

「大丈夫よ。熱なんてない。喉は、時々こんなことがあるの。心配しないで。さ、食べよ。昼休み終わっちゃうよ。売店でシャンプーの安売りに行かなくちゃ」

光子に強く否定されると、雅紀としては引っ込むしかなかった。

雅紀たちは、週末には電車で数駅のところに住んでいる光子の母の徳子を訪ねることが多い。最初は、徳子との間はぎこちなかったが、勇紀が生まれると徳子に助けてもらわないとやっていけないし、徳子は勇紀がかわいくてしかたないので、お互い垣根はなくなった。徳子は遠慮していたが、別々に暮らすより同居した方がいいから、できたら一戸建てを買ってみんなで住めたらよいと雅紀は考えるようになった。そのためには一生懸命働いて、お金を貯めなければいけない。だが、今の非正規の身では、いつになったら必要な資金が溜まるのか見当もつかなかった。

光子が勇紀と外に出ていた。雅紀が網戸を直していると、徳子が寄ってきた。

「雅紀さん、光子の声が変ですよね。病院で見てもらったんですか」

徳子は声を潜めて上目づかいに雅紀を見た。

「ええ、僕も気になっているんですが、まだ……」

雅紀は夫として配慮が足りないと非難されているような気がして、言葉を濁した。

「私からも言いますけど、あの子は父親に似ているんです。頑固なのも同じで私の言うことは聞いてくれません。でも、雅紀さんの言うことなら聞くはずです。ぜひ、早く病院へ行くように勧めてください。お願いします」

徳子の真剣な眼差しと父親に似ているという言葉で徳子が何を心配しているのかが雅紀にも想像できた。

光子の声嗄《が》れは、だんだんひどくなっていった。職場では無理して声を出していたが、相手から聞き返される姿を何度も目にした。食事の時も時々咳き込むようになった。

「ママ、喉痛いの？」

勇紀が心配して聞いたが、声を出すのがつらそうで、微笑《ほほえ》み返すだけだった。勇紀にも返事できないのは、よほどのことだと雅紀は思った。

その夜、勇紀が眠ったのを確かめて、雅紀は光子に話しかけた。

「一度、大学病院へ行ってよく見てもらおうよ」

上を向いて寝ていた光子は、右手で喉をさすっていたが、いきなり雅紀の首に抱き付いてきた。光子は震えていた。雅紀は光子の髪をやさしくなでながら言った。

「大丈夫。僕もいっしょに行くから、ね。よく見てもらおうよ。きっと、ちょっとしたポリープという奴だよ。歌手がよくなるやつだよ」

雅紀は、光子の髪をなで続けた。腕の中で光子がかすかに頷いた。

雅紀は、いつもは寝付きがいいのだが、その夜はいろんな思いが頭の中で渦巻いて眠れなかった。否定しようと思っても最悪の事態への不安が、泡のように湧き上がってきた。光子の父親は癌《がん》だった。癌は遺伝が強く影響するのだろうか。それにしても、まだ光子は三十四歳ではないか。

雅紀は不安を強く打ち消して寝返りを打った。その時、光子も反対側に動いた。光子が一番不安なはずだ。自分が支えてやらないといけない。雅紀は暗がりを見つめた。

翌朝、雅紀が先に職場に電話して、赤城に今日休ませてほしいと頼んだ。別に休みの理由を言う必要はないのだが、赤城に隠し事はしたくなかった。

「ちょっと、病院へ行って検査してもらおうと思って」

「お前か」

「いえ、うちのが、ちょっと……」

雅紀が言いにくそうに言葉を濁すと、赤城は、すぐに了解してくれた。

光子も職場に電話を入れた。相手が何か面白いことでも言ったのか、光子が受話器を持ちながら笑った。たぶん相手は黒崎だろう。

勇紀を保育所に預けて病院に向かった。二人で出かけるのは久しぶりだが会話はなかった。九時過ぎに着いたが、予約なしだったので、耳鼻咽喉科外来で呼ばれたのは、十一時を回っていた。光子に付き添って雅紀も診察室に入った。

男性の医師はがっしりした体格で眼鏡をかけ、精悍《せいかん》な眼差しの人だった。後ろに控える雅紀を一瞥《いちべつ》したが、何も言わずに診察を始めた。問診の後、光子をベッドに寝かせて、口に器具を挿入して喉の奥を観察していた。その後、ファイバースコープを入れて喉の奥を詳しく検査すると言って、光子は別の部屋に連れて行かれた。

診察が終わると、二人で医師の前に座った。医師は看護師に何やら指示してから言った。

「来週、検査入院してもらうことにしましょう」

医師は、確定的なことは言わず、言葉を慎重に選びながら話していた。言葉は丁寧だが、真剣さを増した医師の目つきが、容易ならざる状況だということを物語っていた。内視鏡で切り取った病変の組織検査の結果も来週判明すると言われた。審判が下されるのは、来週だ。

病院を出ると光子が雅紀を見上げて言った。

「おなか空いた。ねえ、なんかおいしいものを食べて行こうよ」

携帯を見ると、午後二時を過ぎていた。雅紀は食欲を忘れていたが、光子の気持ちがわかって頷いた。

「じゃ、たまには豪勢に行くか」

道行くサラリーマンは、吹き抜けるビル風に抗するためもあるのか、うつむき加減で気難しい顔をしている人が多い。たぶん、仕事のことで頭が一杯なのだろう。自分も同じだった。でも、今から見れば、そういう日常が、むしろ懐かしい感じがする。

しかし、雅紀以上に不安に苛《さいな》まれているはずの光子は、いつもと変わらず、公園の梅を見上げて咲き始めた花に顔をほころばせていたし、勇紀とふざけて、くすぐりっこをしていた。そうなのだ。いつもの通り生活をすることだ。考えれば不安ばかり広がるのだから、できるだけ考えないことだ。雅紀は光子を見て、見習おうと思った。

長い一週間だった。再び、同じ診察室で同じ椅子に二人して座った。強い寒波で時折、小雪の舞う天気だったが、室内は暖房で快適だった。でも、雅紀には寒さも暖かさも感じなかった。医師は、パソコンの大型ディスプレイに白黒の画像を表示しながら、淡々と説明した。

健気に自分を励ましていた光子だったが、医師の診断は冷酷だった。喉頭癌《こうとうがん》と告げられた時、光子が身体を小さく震わせたのを横に座っていた雅紀は感じた。

主治医となった津村から治療方針が説明された。

「ステージ2です。声帯に近い部分にできています。声帯を温存するために、放射線と抗癌剤で癌を小さくしてから、外科手術で癌を切除します。ただ、声帯を守り切れない可能性もあります」

「声が出なくなるってことですか」

雅紀は、すかさず聞いた。

「命を守るために、そういう処置が必要になる場合があります」

雅紀は医師の返事を聞いて、思わず光子の顔を覗いた。光子は青ざめた頬《ほお》をひきつらせていたが、取り乱すことはなかった。光子が大好きな歌を歌えなくなる。勇紀とも自分とも話すことができなくなる。雅紀は、頭が真っ白になり、何も考えられなくなってしまった。

　病院を出て、二人で保育所に向かった。途中、二人とも無言だった。勇紀は、二人もお迎えに来たので、大喜びだった。汚れた衣類をたたんでいる光子の膝に乗ったりして、まとわりついた。雅紀が光子の気持ちを思いやって勇紀を抱き上げると、勇紀はいやがって大きな声を出した。いつもはかわいいと思える声が、雅紀の神経に棘《とげ》のように刺さった。

「静かにしろ。勇紀」

　突然、大きな声で叱られた勇紀は、一瞬驚いた顔をして、次に倍する声で泣き始めた。光子が笑顔をみせて雅紀から勇紀を抱き取ると、勇紀は、光子にしがみついた。

「勇ちゃんは、ママがいいのよね」

　光子は雅紀に背中を向けて、勇紀を揺らしながら、時折頬ずりをした。勇紀が次第に、しゃくりあげながら泣き止んだ。周りの先生、保護者、子ども達から冷ややかな視線を浴び、雅紀はばつが悪かった。まったく、自分の気持ちもコントロールできない勇紀と同じレベルの未熟者だ。

　勇紀に、夕食を食べさせて風呂に入れ、パジャマを着せて寝かせる。それが、いつも最優先だった。風呂入れは、たまには雅紀もやるが、今日は気まずいことになったので、光子に任せた。雅紀は、洗濯物干しにとりかかった。籠に、山盛りになった洗濯物を取り出して、ハンガーにつるす。ハンガーが傾かないように、バランスを考えながら、機械的に黙々と作業を続ける。何も考えない。手を止めると、様々な思いに押しつぶされそうなので、雅紀は手を動かし続けた。

雅紀が、最後に風呂に入って出てくると、勇紀は寝付いたらしく、光子がテーブルの傍に横座りして、連絡帳を読んでいた。光子の肩がかすかに震えていた。連絡帳のビニールカバーに涙が落ちた。雅紀は、タオルを差し出した。光子はタオルで顔を覆い、声を出さないで泣き続けた。雅紀は、光子の肩を抱いて、ささやいた。

「勇紀は眠ってる。声を出していいよ。思いっきり泣けばいい」

光子は、雅紀の胸に顔を押し付け、声を殺して泣いた。雅紀は、光子の背中をなで続けた。しばらくして泣き止んでも光子は、雅紀の胸に顔を伏せていた。鼻声で、光子がつぶやいた。

「罰があたっちゃった」

「なんで」

「私ね、若い頃、本当にぐれていたの。お酒もいっぱい飲んだし、煙草もシンナーもやった。高校の頃、友達脅して、お金を巻き上げたこともあった」

衝撃の告白だったが、雅紀は、それほど驚かなかった。結婚式の朝に送られてきた小包と手紙のことが、記憶の底からよみがえってきた。あの時、雅紀は悪いと思いつつ、封をしていなかった光子への手紙を読んでしまったのだ。

『光子さん、結婚おめでとう。変だね。うちらの間では、ミツとヤスだよね。女子高に入学して出会ったけど、あんたも私も荒れてたよね。学校にはペチャンコのカバンで来て、授業中はずっと寝てるか、授業を抜け出して街をほっつき歩いたり、バイクをのりまわしてた。うちがへまやって、スケ番グループに焼きいれられそうになった時、あんたが一人で助けにきてくれたね。今更だけど、ありがと。二人ともぼこぼこにやられて、私は足が少し不自由になったけど、まあ、人生を考え直す機会になったから良かったと思ってる。入院してた時、あんたのお父さんが見舞いに来てくれたんだ。こんなことしてたらだめだって意見してくれたから、私も、あんたの気持ちを言ってやった。お父さんは、唇を噛《か》んでたけど、あの後、どうなったのかなあ。

あんたの結婚のこと、どうやって知ったと思う？　あんたが披露宴やる料亭に、暴走族時代のダチが、板前で働いているんだ。世の中って狭いね。また、たまには、いっしょに遊ぼうよ。

ヤス』

手紙には、雅紀が思いもよらなかった光子の過去が書かれていた。光子が暴走族の不良だったらしい。とても、信じられなかった。手紙には、光子がどの程度の悪さをしていたのか、具体的には書かれていない。学校の授業をさぼったらしいが、雅紀も、授業を抜け出して、友達と映画を見たことがある。誰でも思春期は不安定で、程度の差こそあれ、何かしらの不始末をやらかしているものだ。それを、穿《ほじく》り返していたら光子との間がダメになると、雅紀は考えた。

光子の背中をなでてやりながら、あれは、やはり本当だったんだと思った。でも、今では、どうでもいいことだった。光子は顔を伏せたまま話し続けた。

「一度だけ。今は、申し訳ないことをしたと思ってる。あの頃、うちの家族はバラバラで私は寂しかった。お父さんは仕事と遊びで、家にはほとんど帰ってこなかった。お母さんはお父さんと女に恨みごとばかり口にしていた。

お父さんは後ろめたかったのか、私にはお小遣いをたくさんくれた。私は、お金よりお父さんに家にいてほしかったけど、言えなかった。お父さんのお金をなくしてしまおうと、どんどん使っていたら悪い友達が、いっぱい寄ってきた」

雅紀には、初めての話だった。雅紀が会った時、光子の父親はベッドから離れられない状態で、拝むようにして光子のことを託していった。光子の母親は、当然家族の恥を口にすることはなかった。

「後何年かあんな生活していたら本当にだめになっていたと思うけど、幸か不幸かお父さんが事業で失敗してしまった。家に借金取りが押しかけてきても、お父さんは雲隠れしていて、お母さんはオロオロするばかり。私が、しっかりしなきゃって思った。それで就職して働き始めた。私は悪い女だったから結婚なんてできないって思ってた。でも、お父さんが自己破産して、なんとか許してもらった形になったけど、もうなんにもなくなって、病気にもなって最後は私の花嫁姿を見るのだけが夢だって言うから、かなえてあげたくなったの。今まで黙っていてごめんなさい」

光子が涙にぬれた顔を上げて雅紀を見た。澄んだ瞳だった。雅紀の心にも熱いものがこみ上げてきた。

「罰なんかじゃないよ。君はいい人だよ。昔のことはともかくとして、今は、僕のいい奥さんだし、勇紀のやさしいお母さんじゃないか」

雅紀は力を込めて光子を抱き寄せた。腕の中で「ありがとう」という小さな声がした。

翌日から、光子は、勇紀を悲しませないように、家族の前では明るくふるまっていたが、洗濯物をたたんでいる時などに手を止めて、考え込んでいることがあった。職場では気を張って仕事をしていたが、女友達とおしゃべりする姿は見なくなり、無口になった。雅紀は心配そうな顔をした江川から尋ねられた。

「みっちゃん、最近、元気ないみたいだけど、何かあったの？」

本人が秘密にしていることを話すわけにもいかず、あいまいに答えた。

「そうですか。最近、子どもが体調崩してたから、看病で疲れたのかなあ。でも、大丈夫ですよ」

「そう、それなら、いいけど……」

周りの人にウソをつくのは、罪悪感が残った。

勇紀を寝かせた後、光子が改まった顔で話しかけてきた。

「病休を取ろうと思うの。やっぱり、身体を直すのが先だから。勇紀のためにも、しっかり治して、元気にならなくちゃ」

雅紀も、いつ言おうかと思案していたので異存はなかった。

「それがいいよ。今は、治療に専念すべきだよ」

光子は会社に病休を申請し、職場の同僚にも理由を説明して休みにはいった。

第十一章　保育所のお迎え

雅紀は、その頃から不眠に悩まされるようになった。TEMIS《テミス》運用グループは、相変わらず、残業が多かった。夜間障害の対応もあって、睡眠を妨害されることも続いていた。それまでは、雅紀は布団に横になると、すぐに眠れていたが、最近は、光子の病気やこれからの家族のことが頭に浮かび、横になってもなかなか寝付けなくなった。また、携帯も鳴っていないのに夜中に突然、目が覚めることがあった。光子の通院について行ったりするために、さらに仕事を効率的に進めなくてはならず、仕事の段取りが気になった。考え出すと頭がさえてくる。眠らなければと思うが、眠気は戻ってこない。ようやく、うつらうつらしたと思ったら、起きる時間だった。硬い芯を詰め込まれたような頭を、無理やり枕から引きはがして起きなければならなかった。

「おはよう」

雅紀は、意識的に気持ちを高めて、光子に声をかけた。光子が朝食の準備をしてくれていた。

「大丈夫かい。食事は僕でも作れるから、無理しなくていいよ」

雅紀は、今まで何度も言った言葉を光子にかけた。そして、同じ返事を光子は返した。

「仕事してないから身体は楽よ。食事くらい作らせてよ。勇紀には、ちゃんとした食事をとってもらって、丈夫になってもらわなくちゃ」

雅紀が作れるのは、トーストと目玉焼きくらいだから、おとなしく光子の作ってくれた湯気のたつ味噌汁とごはん、野菜たっぷりのおかずを、勇紀と並んでいただく。

勇紀は、光子の作る料理は、好き嫌いなく食べる。でも、このところ、雅紀は食欲が減退していた。光子が作ってくれる弁当も、申し訳ないと思いつつ食べきれず、残ったものは捨てていた。

「どうしたのかな。パパは勇ちゃんより小食だね」

光子から皮肉を言われ、ぺろりと平らげた勇紀の茶碗《わん》を見せられて、雅紀は苦笑いするしかなかった。

「すごいね。勇紀。きっと、パパより大きくなるぞう」

いい気になって、さらに食べようとする勇紀を笑いながら制していた光子の目が、雅紀に向かって憂いを帯びるのを、雅紀は気づかぬふりをした。

雅紀は、受注チームのリーダーだった安川を思い出した。安川も体調の変調に気づきながら仕事を続けていたのだろう。就業時間中、二時間もトイレに閉じこもった挙句出てきた時の感情をなくした安川の青白い顔がよみがえってきて、雅紀は思わず身震いした。このままでは、安川と同じ道をたどるかもしれない。なんとかしなければならない。仕事をもう少し、要領よくやって、休みをとるようにしなければと雅紀は、考えた。

光子が病休に入って三ヶ月がたち、季節は夏に入ろうとしていた。勇紀を保育所に送り届けて雅紀が職場に滑り込んだのは、始業のチャイムがなる寸前だった。隣の赤城は、左手で団扇《うちわ》を使いながら、パソコンに向かっている。利用者が始業の八時半からTEMISを使って仕事ができるように、赤城は七時半には出社して確認作業を行っている。

チャイムが鳴り終わると朝礼が始まった。いつもはマネージャー単位の朝礼だが、今日は合同の朝礼になり、部長の黒崎の周りに集合した。

「東邦電気の第一四半期の業績は、売上が前年比十パーセントダウンで、営業赤字となっています。特に、コンピュータ部門の落ち込みが大きく、情報システム経費についても抑制の指示がきています。具体的な対策は、別途連絡しますが、皆さんもさらに効率化に努めていただくようお願いします」

朝礼が終わるとメンバーたちは、それぞれの思いを胸に、席に戻って仕事にとりかかった。雅紀にはわからなかったが、常駐経験の長い赤城は、椅子に座ると低い声でつぶやいた。

「また始まるか」

「今でも効率化に努めているのに、システム運用で手を抜かずに、これ以上の効率化をするって難しいですよね」

雅紀は率直に疑問をぶっつけた。

「システム運用費は、額がでかいから目につくんだ。機能は変わらないのに、なんでこんなにかかるんだって責められるんだろう」

「どんなところに、お金がかかっているんですか」

「マシンの原価償却費、フロア代、オペレータ費用、それと、我々運用グループの人件費だな」

赤城は、フロアにぐるりと顔を巡らせて言った。

「そのうちで、減らせるのは、我々運用グループの人件費ぐらいというわけですね」

「まあ、東邦の情報システム部は、我々がいなくなったら、障害対応もできなくなって、システムが止まることがわかっているから、抵抗してくれていると思うが、そんなことわかってない上の人たちが、数字だけで判断するからな」

最後は、強烈な皮肉が籠《こも》っていた。だが、これ以上話すと差しさわりがあると気づいた赤城が話題を変えた。

「ところで、奥さんの具合はどうだい」

職場の人たちは、光子の病気に同情してくれた。雅紀は、昨日も通院に付き添うために休んだ。作業を、赤城や市原に代わってもらうのは心苦しかった。

「抗癌剤で癌を小さくして、放射線でやっつける治療を続けています。抗癌剤の副作用は辛《つら》そうです。吐き気がひどくて、食べられないようで、だいぶ痩《や》せました」

「そうか、抗癌剤はきついらしいなあ。それで、勇紀は元気か」

赤城が一度、雅紀たちの家に来たことがあった。ごつい外見の赤城は、意外や子ども好きで、勇紀もすぐになついて、肩車をしてもらったりして、喜んでいた。

「ええ、母親が家にいるんで、うれしいようです。でも、今は療養第一なんで、保育所にいかせています。勇紀が、また、赤鬼のおじさんと遊びたいと言ってました」

勇紀が、赤城と言えないので、赤城が自分で赤鬼のおじさんと言ったのだ。赤城が、鬼の真似をすると、勇紀は、声を上げて喜んでいた。

「そうか、勇紀の頼みだったら、断れないなあ。でも、俺も忙しいからな」

困った様子の赤城を、市原が、あきれ顔で見ていた。

その日の午後、雅紀は受注チームと合同で行う臨時処理の予定が入っていた。過去に経験のあるデータの修正作業だ。データの件数から見て、一時間もあれば済むと思われた。雅紀は午後一番に臨時処理を片付けておきたかった。その日は、徳子が用事で、雅紀が勇紀のお迎えに保育所に行かなければならなかった。時間を気にしながら、神経を使うデータ修正をしたくなかった。だが、長谷部が会議に呼ばれていて、午後三時からしか都合がつかなかった。

会議が長引いたのか長谷部が戻ってきたのは、四時近くになっていた。雅紀のお迎えには、五時半には職場を出なければならない。時間がなくなっていた。雅紀は、長谷部の会議が長引いたのを恨めしく思ったが、口には出せなかった。

「なんか、今日は処理が遅いね」

雅紀は、進捗度を示す画面のリターンキーを何度も押して進捗を確認しながら、いらついていた。

「そうですね。データ件数が多いからですかね。でも、こんなもんですよ」

今日も四時間残業をするつもりの長谷部は、のんびり構えている。途中で、保育所のお迎え時間に絶対間に合わないと観念した雅紀は、家に電話を入れた。何度かの呼び出しの後で、ようやく光子のかすれた声がした。

「今日、僕が勇紀のお迎えに行く番なんだけど、どうしても仕事が終わりそうにないんだ。お義母さんも用事でいないから、保育所に迎えにいけないかなあ。もちろん、体調が悪かったら、無理しないでほしいけど……」

自分で言いながら、どうにもならないから電話しているんじゃないか、これじゃ無理しろと言っているようなものじゃないかと雅紀は、心苦しく思った。

「いいよ。今日は気分いいから大丈夫。まかせといて」

光子は気丈に答えた。雅紀は光子が心配だったが、今日だけと自分に言い訳して電話を切った。

作業中も光子のことが気になって仕方なかった。長谷部を煽《あお》って作業を急ぎ、完了したのは、六時二十分過ぎだった。席に戻って帰り支度をしていると、赤城に声をかけられた。

「おっ、今日はお迎えか」

「ええ、でも、今日は臨時処置が長引いたんで、かみさんに行ってもらったんですが、ちょっと気になって」

話していても、不安がじわじわと足元から這《は》い上がってくる。光子は、元々食が細かったが、抗癌剤を服用するようになると、吐き気がすると言って、ますます食べる量が減った。体力が落ちるからと、もっと食べるように励ますのだが、少し食べたと思うと、すぐに箸《はし》を置いてしまうのだった。

「そう言えば、今日は雅が夜番だったな」

赤城が思い出したように言った。

「おまえ、最近、顔色悪いな」

赤城の一言が、雅紀の胸に突き刺さった。触れてほしくない話題だった。

「そうですか。別に体調は悪くないですけど」

「よし、今日からは雅の夜番は、俺が代わるからな」

「そんなこと悪いですよ。週に二回もやったら、赤城さんが身体壊しちゃいますよ」

「なあに、俺は大丈夫だ。以前は、もっとトラブルが多かったから、週に三、四回は夜起こされていた。それに比べればたいしたことない」

赤城は、笑いながら言った。雅紀は赤城の配慮に感謝した。ただ、その時は、光子のことが心配で充分礼も言わずに職場を飛び出した。

自転車を飛ばして家に帰った。玄関を開けても「お帰り」という声はなく静まり返っていた。雅紀はあわてた。時刻は午後六時四十五分。いくらなんでも六時までにお迎えに行ったのであれば、帰ってきていていい時間だ。何かあったのかもしれない。悪い予感が一気に胸に広がった。すぐに、雅紀は家を飛び出した。猛スピードで自転車を飛ばした。街はすでに夕闇が迫っていた。路地から大通りに出た。どっちに行くか思案していると、駅から歩いてくる親子連れの影が目に入った。母親は右手に大きな袋を下げ、左手で子どもの手をつないで、ゆっくり歩いてくる。一歩一歩どうにか足を運んでいる。光子は勇紀と足元に気を取られて近づく雅紀に気づかない。やっと、光子が顔をあげた。街灯の明かりの下で、光子の顔がほころんだ。

「食材がなくなっていたから、ちょっと買い物していたの」


赤城が雅紀の夜番を代わったことが、翌月の夜番の予定を決める打ち合わせで、議論になった。赤城と仲の良い栗山が発言した。

「これでは、赤城さんの負担が増えてしまいます。もっと、夜番を増やすべきだと思います」

オペレータからの電話を最初に受ける夜番は曜日毎に決められている。土日は夜間処理がないので管理職が担当しており、平日五日を協力会社三人、社員二人で対応していた。TEMIS運用グループの人員構成としては社員の方が多かった。しかし、夜の睡眠を奪われることの多い夜番は誰しも避けたいのが本音だったから、協力会社に多く割り当てられるのが実態だった。栗山のまっとうな提起は社員たちの重たい沈黙に迎えられた。協力会社の社員たちは、遠慮して口を閉ざしていた。自分のことが発端だったので、雅紀が口を開こうとした時、隣に座った赤城が上着の裾《すそ》を強く引いた。見ると赤城は、黙っていろと目で合図してきた。

担当者だけの内輪の打ち合わせで、管理職はいなかった。沈黙していた社員が少しずつ口を開いた。いつも、直球の正論を吐く中堅社員がつぶやいた。

「本来なら昼とは別の要員で、夜番や夜の障害対応の体制を作るべきだ。昼も夜も同じ人が対応するなんて、そもそも限界がある」

思わず頷《うなず》く人もいたが、そんなことが実現するとは到底思えないので、賛同する意見は続かなかった。結局、スキルのある社員二人が引き継ぎを受けて、夜番の任に交代であたることが決まって打ち合わせは終わった。誰も雅紀のことには触れなかった。配慮してくれていることに感謝すべきだと思ったが、一方、心の底では分担した仕事をできない人と見られているのではないかと心が重かった。

その日の午後、雅紀は倉庫でパソコンに繋ぐケーブルを探していた。その時、隣の会議室から話し声が聞こえてきた。倉庫と言っても、広いフロアを約二メートルの高さのパーティションで区切っているだけだから、静かにしていると、隣の声が聞こえてくるのだ。声の主は、黒崎と久保田のようだ。

「そうか、社員の夜番が増えるのはいいことだ」

黒崎のコメントについて、久保田が理由を聞き返すと、乾いた声で黒崎が答えた。

「開発投資を回収するには運用コストを下げないといけない。将来的には、体制をさらに絞り込んで、社員だけでやるんだ。そうなれば、当然、社員が夜番もやるしかないじゃないか」

雅紀は息を止めて聞いていた。日頃、人情味のある話をする黒崎とは思えない冷酷な響きであった。

夕食の時、これからは夜番をしなくてもよくなったと話すと、光子は単純に喜んだ。

「本当、よかった。やっぱり勇紀も起きちゃうから、夜の電話いやだよね。もう、かかってこないんだって」

光子は勇紀に話しかけた。

「全然かかってこないことではないよ。製造管理チームの処理で障害が発生した時はかかってくる。でも、夜番がなければ、少しは減るだろうね」

雅紀が訂正すると光子は、がっかりした顔をした。

「そうなの。夜の電話なくなるとパパも、ゆっくり眠れるのにねえ。パパだけじゃなくて、やっぱり、昼働いた人は、夜ゆっくり眠れるようになってほしいね。みんなで話し合って、そうなるといいのにねえ」

勇紀は何もわかっていないはずなのに、光子の言葉に頷いていた。雅紀は、昼と夜の体制を分けたらよいと発言していた社員のことを思い出した。社員と協力会社で押し付けあうのではなく、みんなが人間らしく働くことが、なぜできないのかと雅紀は、改めて思った。昼と夜の体制を分けることができたらよいと、みんな思っていた。しかし、あの社員も含めて公には誰も発言していない。雅紀は、机の引き出しにしまい込んだ情報ユニオンのビラを思い出した。確かに、こんな状況を変えるのは、誰かが声を上げなければならないのだ。それは、他の誰でもない当事者の声のはずだ。

雅紀は、倉庫で聞いた話を光子にした。勇紀もいる食卓に、相応《ふさわ》しい話ではないかもしれないが、光子は真剣に聞いていた。

「黒崎さんが、そんなこと言ってるの。ひどい。そんな人だとは思わなかった」

「働いている人たちは、みんなバラバラで黙っていたら、どんどん流されていくばかりだ」

「東邦だけじゃなくて、日本中で、こんな流れが押し寄せているのよね」

光子がため息つきながら言った。放っておかれた勇紀が食器で遊びだした。雅紀が相手してやろうと腰をあげかけた時、光子が話題を変えた。

「母と話したんだけど、私の収入がなくなると、母のアパート代も払えなくなるの。今は、傷病手当とかあるから、まだ何とかなってるけど、いずれは、それもなくなるでしょ。それで、母にこの家に移ってもらおうかと思うんだけど、どうかな」

雅紀も気になっていたが、先延ばしにしてきたことだった。

「そうだね。じゃ、こっちの四畳半に寝てもらうか」

「それしかないわね」

二人して、勇紀が遊んでいる部屋をながめた。そして、ため息をついた。建売の家を買って、徳子といっしょに暮らす夢を見たが、夢に終わって、さらに窮屈な生活になりそうだ。

診察室で、白衣を着た津村が難しい顔で画像を睨んでいる。光子と雅紀は検査結果を聞くために、並んで腰かけて固唾《かたず》をのんで、津村の診断を待っていた。

津村は椅子を回して二人に向き直った。いつも厳しい表情を崩さず感情を表さない津村が、プロジェクターから向き直った時、一瞬憐憫《れんびん》の眼差しを浮かべたように雅紀には見えた。だが、すぐにいつもの冷静な表情に戻って、説明を始めた。

「放射線と抗癌剤で、癌組織の拡大を止め、縮小させるよう努めてきましたが、正直結果は芳しくありません。前回の検査より癌が広がっています。抗癌剤の副作用も強く出て、奥さんの体力の消耗も激しい。医師団で検討した結果、治療方針を変更して、早期に癌組織を切除した方がよいという結論になりました。その場合……」

それまで淡々と話していた津村が、言葉を詰まらせた。だが、すぐに元の口調で続けた。

「その場合、侵されている声帯も切除すべきだと考えます。声を失うことになりますが、生命を救うために必要な処置です」

声帯切除、声を失う、医師の言葉が雅紀の頭の中をこだましたが、思考能力を失った頭脳は空回りするばかりで、何も考えられなかった。

光子は口を固く結び、虚空を凝視していた。津村も二人の動揺が収まるのを静かに待っていた。診察室の時間が止まったように思われた。どれだけ時間がたったかわからないが、塑像《そぞう》のように固まっていた三人の中で、最初に息を吹き返したのは光子だった。息を一つ吐くと、光子は津村をまっすぐに見つめて言った。

「先生が、それが最善だとおっしゃるなら、そうしてください。私は生きたいんです。私の子どもは、まだ三歳です。あの子が、もう少し大きくなるまで、私は……生きたい。生きないといけないんです。先生」

両手を膝の上で固く握りしめ、上体を乗り出すようにして、光子は訴えた。

今まで能面のように無表情を通していた津村の顔が崩れ、緩んだ。

「わかりました。井村さんのご家族のため全力を尽くすことをお約束します。つらい決断をさせてしまい申し訳ありません」

津村に頭を下げられ、二人もあわてて「よろしくお願いします」と頭を下げた。

診察室を出て、いくらか歩いてから光子は立ち止まった。診察室を振り返り、踵《きびす》を返しかけたが、踏みとどまり、迷いを断ち切るように早足で歩いて行った。声を失う不安と必死に闘っている光子の心が痛いほど、雅紀にはわかったが、どうしてやることもできなかった。自動ドアから、病院の外に出ると、夏の日差しと熱風が一度に襲ってきて、めまいを覚えた。今、自分が、しっかりして光子を、家族を支えなければならない。心は焦るが、足元は揺れる薄い板の上を歩いているようで、おぼつかない。

　定常的な業務をしていると、つい意識が離れて、もの思いに浸ってしまっていた。

雅紀は名前を呼ばれたのに気が付いて、我に返った。呼んでいるのは、久保田だ。周りの視線が集中している。雅紀は慌てて久保田の席に急いだ。

「井村、居眠りしている場合じゃないぞ。現場から問題処理表が来ているぞ」

久保田が差し出した問題処理表を読んだが、雅紀は、すぐには、書いている意味がのみ込めなかった。それは、生産管理部門から入庫数の不具合が改善されていないという指摘だった。

「あれっ、この不具合はプログラムを修正して、リリースしたから解決しているはずなのに……もしかして」

雅紀は、独り言をいいながら、自席に戻って、サーバーで実行されている該当プログラムのソースコードを開いた。ソースコードの始めの部分に書かれているバージョンと改版日を見て、雅紀は目を疑った。改版したはずのプログラムは、改版前の古いものだった。雅紀は、頭の血がすーっと一度に下がるようなショックを感じた。

「改訂版をリリースしたはずなのに、なんで古いままなんだ」

いつのまにか、後ろに来ていた久保田の言葉に、強い非難の響きが込められていた。

プログラムのリリース手順は、作業マニュアルとして規定されている。プログラムを改訂した担当者がリリース依頼書を書いて、ソースプログラムをメールに添付して、リリース担当者に送る。TEMISのオンラインが停止して夜間処理が始まるまでの午後九時半から午後十時までの間に、リリース担当が本番データベースにリリースするのだ。

雅紀は、送信済みメールボックスを開き、リリース依頼書に添付したソースプログラムを確認した。リリース依頼書に添付していたのは、改訂前の古いプログラムだった。全面的に雅紀のミスであった。なぜ、こんな単純な初歩的なミスを犯してしまったのか、雅紀は東邦電気で働き始めて以来、積み上げてきた自信が、一気に崩れ去るように感じた。

「関係部門には、リリース通知で公にしたことだし、問題処理表が上がっているから、ISO手順に従って、対応するからな」

久保田が渋い顔で宣告した。TISは、品質管理に関する国際標準規格ISO9001の認定を取っていて問題処理表を受け取った部門では、原因、応急処置、根本対策を記入し、不具合対策会議を開き、内容を審査する。原因を追究する際は、「なぜ3」と言って、なぜそれが起こったのかという問いを3回繰り返して、真の原因を追究することが求められている。深掘りをして真の原因を突き止め、対策をとらなければ、根絶は難しいという考えなのだ。

第十二章　メッセージ

雅紀は問題処理表の書式を画面上に表示して、「なぜ1」の欄に入力していった。添付するソースプログラムを間違えた原因は、添付したプログラムを、もう一度開いて版数を確認しなかったからだ。リリースミスについては、繰り返し版数を確認するよう指導されていた。確認していれば起きなかったはずだ。「なぜ2」の欄に移った。なぜ、版数の再確認を怠ったか。ここで、雅紀の手はキーボードの上で止まってしまった。正直に書けば、あの時、忙しくて時間がなかったからだ。疲れて注意力が散漫になっていたこともある。もしかしたら、光子のことが心配で考え事をしていたのかもしれない。そうすると、「なぜ3」の欄には、なぜ忙しくて、疲れていたのか。それは人が少なく、足りない人数で昼も夜も同じ人間が働いているからと書かねばならない。でも、そういうロジックは会社ではタブーだ。受け入れてもらえる別のロジックを生み出さなければならない。つまり、それは会社が悪いと言って他者の責任にして逃げてはいけないということだ。雅紀は、歯をかみしめて唸《うな》りながら画面とにらめっこを続けた。

「そういうのはな。過去の事例に学ぶんだ。リリースミスなんて何回も起こっている問題だろう」

隣から赤城が助け舟を出してくれた。雅紀は、過去の問題処理表が保存されている共用フォルダを開いた。リリースミスの報告書も何件かあった。リリース時に設定するパラメータを漏らしたというのがあったので、読んでみた。ミスの原因は、リリース時にチェックする項目が多いので、パラメータ設定を忘れたとある。対策としては、リリース時に使用するチェックリストを整備するとなっていた。今回、雅紀はチェックリストを添付してリリース依頼をした。だが、チェックリストのチェックは、確認せずに思い込みで入れてしまっていた。

限られた時間で多くの仕事をこなさなければならない。ひとつひとつ丁寧に確認していたら時間がいくらあっても足りない。効率が悪いと評価が下がる。だからみんな極力手間を省こうとする。会社の効率最優先の業績評価が真の原因ではないかと開き直りたい気持ちだったが、そんなこと書けることではない。

新しいメール受信の知らせがあった。受信メールボックスを開くと、久保田からだった。今回の不具合を検討する不具合対策検討会を明日の午後一時から開催するという通知だった。久保田も忙しいはずなのに、不具合対策検討会は律儀に開くのだ。被告席に座った担当者を、ねちねちと追い詰めることに快感を覚えるのではないかと性格に疑いを持ってしまう。

残業をして、なんとか問題処理表をまとめた。家に着いて、八畳間のふすまを開けて中を覗《のぞ》くと、勇紀と光子が寝ていた。四畳半には、先週移ってきた徳子が寝ているので、音を立てないように、台所に行って冷蔵庫から麦茶を出して飲んだ。最近は光子に負担をかけないように、昼は食堂で定食を食べ、残業する時は食堂でうどんかそばで夕食を済ませている。麦茶を飲んでいると光子が起きてきた。

「寝ていた方がいいんじゃないの」

「時間がないから、できるだけ話がしたいの」

切迫した光子の気持ちを、今は、受け止める自信がなかった。疲れていた。仕事の失敗で落ち込んでいた。光子が普通の身体なら失敗のことを話して愚痴を聞いてもらうのもいいかもしれない。でも、今は言うべきでないだろう。

光子は、お迎えに行った徳子が勇紀を連れて帰ってからのことを仔細《しさい》に話した。

「勇紀って、わざとお風呂でおしっこするのよ。おばあちゃんと私がやめなさいって言っても、全然聞きやしないの」

雅紀は、生返事を返すのがやっとだった。光子が話をやめた。

「ごめんなさい。疲れているのに、こんな話して」

「ごめん。聞いていたよ。お風呂でおしっこだろう。いいじゃないか、別に流せば済むことだし」

雅紀はなんとか話をつなごうとしたが、光子に見透かされていた。

「仕事で何かあったの」

雅紀は観念して話してしまおうかと思った。でも、自分のことで精一杯の光子に、これ以上負担をかけたくなかった。

「いや、なんでもないよ。ちょっと、忙しくてね。疲れているだけ」

光子は真剣な目をして、さぐるような表情で雅紀を見た。雅紀が、口に出してしまおうかと思った時、光子が話題を変えた。

「私ね、手術する前にメッセージを残したいの。ビデオにとってほしいの。勇紀に、私の声を残してあげたいから」

光子は大学ノートを差し出した。表紙に「風光る」とタイトルが書かれていた。ページをめくって行くと、光子の少女時代からの思い出が書かれていた。荒れていた中高校時代のことも正直に書かれていた。雅紀と出会って結婚し、勇紀が生まれ、一生懸命育ててきたことを、丸みを帯びた字で丁寧に書き連ねてあった。勇紀が生まれた時のページは、ところどころ字が滲《にじ》んでいた。たぶん、書いている時に涙が落ちたのだろう。

最後のページに、「勇紀へ」と題したメッセージが書かれていた。

勇紀へ
ママのところに生まれてきてくれてありがとう。ママは悪い病気をなくすために声が出なくなります。声がなくてもママは、勇紀と心が通じるし、いつもいっしょだよ。
もしかしたら、いつかママと離れる時が来るかもしれません。でも、ママはいつも、勇紀のそばにいるよ。ママは空の上から勇紀を見守っていて、勇紀が呼んだら、風になって会いに行くよ。だから、いつでもママにあえるんだよ。パパの言うことをよく聞いて、まっすぐに生きてね。
ママより

「最後のところは、ちょっと……」

雅紀は、なんて言っていいかわからず、語尾を濁した。

「これ？　勇紀が大きくなって自立するでしょう。その時のことよ」

光子は、さらりと答えた。雅紀は、それ以上光子に何も言えなかった。

不具合対策会議に集まったのは、久保田と他にリーダーが三人ほどだった。赤城は、用事があってコスモ電産に行っていた。他のリーダーたちは、何かと理由をつけて、欠席していた。雅紀は、昨夜もよく眠れず頭が重かった。

「時間になったから、始めようか。最初に、井村君から問題処理表の内容を、説明してもらおうか」

久保田から促されて、不具合の状況、原因、対策を説明した。というか、書いている内容を読み上げた。雅紀の説明が終わっても、しばらく、久保田は黙っていた。他に発言する人もおらず、会議室は静まりかえった。

「なんだい。これで、不具合の原因を分析したと言えるのか。だいたい、不具合の捉え方が、甘いんじゃないか。今回の不具合の影響をどう考えているんだ。単なるリリースミスで、特に業務上の影響はなかったと考えているんだろう」

久保田の声が、静かな会議室に響き渡った。雅紀は、唇をかみしめて叱責《しっせき》に耐えた。

関本は目を閉じている。他の出席者たちも久保田の怒りの波を受けないように、うつむいている。確かに、リリースミスで元のプログラムを上書きしただけだから、元の状態が悪化した訳ではなく、修正が数日遅くなっただけであった。だが、ここで影響はなかったと言える雰囲気ではなかった。雅紀は、黙っているしかなかった。

「今回、現場がフォローしてくれたから、構成品の漏れが発生しなかったが、もし現場がリリース通知を信じてチェックをしてなかったら、お客様に迷惑をかけていたところだったんだぞ。それに、リリース通知で、問題は解決したと宣言したのに、直っていなかった。リリース通知への、我々TEMIS関係者への信頼を失墜させた影響も大きい」

久保田によって、雅紀が犯した罪状はどんどん膨らんでいった。

「それと、原因のところも問題だ。リリース手順では、リリース担当に送る前に、チェックリストでプログラムの版数を確認してチェックすることになっているはずだ」

久保田は、さすがに急所を見逃さず、追及してきた。雅紀は、蛇《へび》に睨まれた蛙《かえる》のように身動きすらできなかった。

「チェックリストにはチェックしてあったのか」

久保田の質問は、リリース担当に向かった。

「はい、全てチェックが入っていました」

雅紀には、リリース担当の声が遠くから聞こえてきた。万事休す。雅紀は、目を閉じた。

「井村は、添付したプログラムの版数を確認して、チェックしたのか」

久保田の質問の刃《やいば》が、無慈悲に雅紀のうつむいた頭の上に落ちてきた。雅紀は頭が真っ白になった。答えられず、かみしめた唇の感覚がなくなった。

「どうなんだ。質問に答えろ」

怒気を含んだ声が、ここぞとばかりに攻め立てる。

「すみません。確認せずにチェックしました」

取調室で、刑事の追及に耐え切れず自白させられた容疑者のように雅紀は、うなだれていた。

「そんなことじゃ、いくら業務プロセスを改善したって、意味ないじゃないか。仕事のＡＢＣってわかっているか。Ａは当たり前のことを、Ｂは馬鹿みたいに、Ｃはちゃんとやることだ」

久保田のこの台詞《せりふ》を何度聞いたことだろう。言う方は簡単だ。でも、やる方は、どんどん仕事が増えて、時間がいくらあっても終わらないんだ。心の中では、反論が渦巻いたが、雅紀の口から出ることはなかった。

「とにかく、原因の分析に漏れがあった。問題処理表を修正して、再提出すること。再提出されたら、再度、検討会を開く。以上」

久保田が、検討会の打ち切りを告げて、席をたった。他の出席者たちは、緊張からの解放感を漂わせながら、続いて出て行った。中には、雅紀に同情的な眼差しを送る者もいたが、会議では誰も雅紀に助け船を出そうとしなかったのだ。

会議室に雅紀一人が残された。もう、いやだ。もう、これ以上耐えられない。雅紀の心が悲鳴を上げていた。立ち上がろうとした雅紀は、急に天井が回っているのを感じて、机にうつ伏せた。

どれだけ時間が経っただろう。気が付いた雅紀は、椅子に座り直した。めまいは治まったようだ。この建物は、元々は工場だったので、天井は剥《む》き出しで、空調のパイプ、電話やイーサーネットなど様々なケーブルが張り巡らされている。雅紀は、うつろな目で、薄暗い天井を眺めた。

その日、残業もせずに帰ってきた雅紀は、夕食も食べずに、寝てしまった。光子は、心配そうに見ていたが、何も言わなかった。翌朝、雅紀は、ふとんから起きられなかった。頭痛がして身体が重かった。雅紀は、いつも午前七時には起きる。徳子が来てからは、朝食は徳子が作ってくれる。七時十五分になると、光子が和室のカーテンを開けた。朝の光が一気に差し込んで、目が痛いくらいまぶしい。

「具合が悪いの？　会社行くなら、起きないと遅刻しちゃうよ」

雅紀は、ふとんから出ようとしたが、上体を起こしたとたん、ひどい頭痛に襲われた。

「だめだ。頭が痛いから、今日は休む」

枕に頭を落としながら、雅紀は言った。

「じゃ、会社に連絡しとくね」

光子は、また静かにカーテンを閉めた。電話をかけるには、まだ早い。赤城が出社するのは、後二十分くらいしてからだ。

午後になると仕事のことが気になりだした。遅れているプログラム改訂の作業を、納期遵守するためには、休日出勤も必要だろう。問い合わせメールを出していた仕様について業務部門から回答はきただろうか。毎日の運用で、エラーは出ていないだろうか。雅紀の仕事が降りかかってきた市原の憮然《ぶぜん》とした表情が浮かぶ。それに問題処理表の書き直し。なぜ、チェックリストを使わなかったのか。何か問題があると、必ずチェックリストが対策として出てきた。チェックリストだらけだった。確かに、決まったことだから、従わなければならない。でも、安易にチェックリストが対策になることに、反発があった。原因は、もっと別のところにあるような気がしていた。原因が、全て担当者の注意不足、ケアレスミスにされているのは、おかしいのではないか。不満が渦巻く。だが、それを表明する術《すべ》はない。さしあたって、問題処理表の記述をどうするか。でも、どんな原因と対策を書いたところで、久保田からはダメ出しが出るに決まっているのだ。久保田の冷たく突き刺すような視線を感じて、雅紀は身震いをした。頭の中が、ぐるぐると空回りして、考えがまとまらない。雅紀は、ふとんに潜り込んでエビのように丸くなった。

翌日も雅紀は、起き上がれなかった。赤城から携帯に電話がかかってきた。

「どうだ。具合は?」

「すみません。ご迷惑をおかけして。頭痛は少し良くなってきたんですが、しんどくて。動く気力が出てこないです」

「こっちは、なんとかやってるから仕事のことは心配するな。しんどいだろうが、一度、医者に診てもらったらどうだ」

赤城の言葉は、雅紀を安心させようとしたのかもしれないが、逆効果だった。仕事がなんとかなっているというのは、本当だろうか。誰が、雅紀の代わりをしているのか。なんとかなっているのなら、もう自分はいらないということなのだろうか。不安は、ますます広がった。

赤城にも言われたし、早く治さないといけないと思ったので、近くの医者に行った。年配の医者は、喉を見たり、聴診器を胸にあてたりしたが、雅紀が不眠を訴えると、小さく頷《うなず》いた。

「睡眠導入剤を、出しておきます。一週間たっても、症状が良くならないようであれば、心療内科を受診することをお勧めします」

医者が、言わんとしていることは、雅紀が最も恐れていることだった。送別会にも出られず、失意のまま去って行った安川のことが浮かんだ。あの時、何を根拠に自分は安川のようにはならないと思っていたのだろう。ただ、無知で、不遜《ふそん》だっただけだ。

保育所に迎えにいった徳子が、勇紀を連れて帰ってきた。隣の部屋で遊び始めた勇紀の声に混じって、母娘のひそやかな話し声が時折聞こえた。徳子の声は、聞こえよがしに、幾分高い。

「たいへんな時なんだから、もうちょっとしっかりしてくれないとね。若いんだから」

光子が、あわてて徳子を遮る声がする。

「そんな事いわないで。あの人は、がんばってるのよ。がんばって、がんばってきたから、こんなことになったのよ」

雅紀は、布団を頭からかぶった。情けなかった。光子を、家族を守らなければならない、まさにその時に、この様はなんだ。光子の父親の貞夫に、大見得を切った自分が恥ずかしく、限りなく情けなかった。自分は、だめな人間だ。肝心な時に役に立たない。そう言えば、子どもの時から、本番に弱かった。試験の時には、よく熱をだしたし、中学校の弁論大会に出た時も、お腹が痛くなって、うつむいて原稿を読み上げるのがやっとだった。

三日目の朝、幾分気分がよくなった。今日こそは、何がなんでも出勤しなければならない。なんとか、起き上がって、朝食を食べて身支度を整えた。心配そうな光子に見送られて、自転車をこぎ出した。この調子だ。どうにか道路の流れに乗って、交差点を越えて、会社に近づいて行った。ところが、会社の建物が見え、正門が近づいてくると、動悸《どうき》が激しくなって、胸が苦しくなってきた。自転車をこぐことができなくなって、雅紀は道端に止まって、自転車から降りた。後ろから来た自転車や歩行者が、追い抜いて行く。立ち止ってうつむいている雅紀を、不審そうに振り返る者もいたが、大多数は無関心であった。

しばらく、自転車にもたれて我慢していたが、動悸は治まらなかった。これでは、とても働けない。やむを得ず、雅紀は家に戻ることにした。

一週間後に、光子に強く言われて、しぶしぶ受診した心療内科の若い医者は、雅紀の症状、勤務状況などを問診すると、うつ病と診断し、三ヶ月の病休の診断書を書いてくれた。

「三ヶ月も仕事を休まないといけないということですか」

雅紀は、医者の診断結果を聞き直した。

「井村さん。いいですか、あなたの病状は、それほど深刻なんですよ」

医者は、しっかりと雅紀の目を見つめて、話しかけてきた。確か、安川は二ヶ月で復職したが、再発してしまった。長い治療が必要になる病気なのだ。

「でも、三ヶ月も休むと、仕事がなくなってしまいます」

雅紀は、本音をこぼした。医者に言っても詮《せん》無いことはわかっていた。医者は、眉《まゆ》をひそめて、苦しげな顔になった。

「わかります。でも、私に言えるのは、仕事より命の方がたいせつだということだけです」

医者の表情から、この人は信頼できる誠実な人だと雅紀は思った。

病休に入って、雅紀の生活は一変した。夜に電話で起こされることがなく、静かだった。うつ病の薬は強力で、雅紀は、今までの睡眠不足を取り返すかのように、眠り続けた。いくら眠っても、眠かった。朝は遅くまで寝ていた。昼は、何もする気が起きず、ごろごろして、すぐに横になった。

雅紀は、ふとんの上に寝ころんで、庭を見ていた。庭の片隅に、空気の抜けたビニールプールが置かれていた。今年は出しただけで、ほとんど使わないままだ。夏は盛りを過ぎようとしていた。

光子が、そばに座った。

「今朝は、涼しいな。そう言えば、前に頼まれていたメッセージの録画をしようか？」

光子が望んだ勇紀へのメッセージの録画は、雅紀のうつ病発症があって延び延びになっていた。今、雅紀がやれることで、しかも、今しかやれないことだった。

撮影の前、光子は化粧をして、お気に入りのワンピースを着た。徳子が買ってきてくれて、玄関に活けていたバラを一輪持って、光子はビデオカメラの前に立った。

光子はメッセージをしゃべりだそうとしたが、すぐに顔をしかめて喉を手で押さえた。しゃがみこむと右手を振って、だめだと合図した。あの時、すぐにやっていればできたのに、それさえかなえてやることができなかった。落ち込む雅紀に、光子がノートを開いて差し出した。最後のページにメッセージが追加してあった。

「雅紀さん。結婚してくれて、ありがとう。雅紀さんのおかげで、妻になれ、母になって、勇紀と会うことができました。

この前、告白したように、十代の頃、私は本当にひどい生き方をしていました。この病気は、その罰かもしれませんが、残りの人生を、どう生きるかを考えさせてくれました。私は、残りの人生を、正しく、胸を張って生きたいと思います。そういう姿を、勇紀に覚えておいてほしいのです。

雅紀さんは、やさしい人です。周りに気を使って、思いやりのある人です。それで、自分の考えより、人のことを先に考えてしまうところがありますよね。でも、これからは周りに流されないで、自分のことを大切にして自分の思いに正直に生きてください」

光子が、自分の肉声で伝えようとしていた最後のメッセージが、雅紀の胸に届いた。

光子の手術日がきた。先週までの猛暑がうそのように涼しくなった。大陸からの高気圧が冷たい空気を運んで来て、日本の大気が一夜にして夏から秋に入れ替わったのだ。

雅紀は勇紀を自転車にのせて走っていた。うつ病で病休中だが、少しは動いた方がよいと言われているので、勇紀の保育所への送りは、やっている。半袖シャツの腕が肌寒い。

「勇紀、寒くないか」

雅紀は前に乗っている勇紀に顔を近づけて聞いた。

「寒くない！」

勇紀は椅子《いす》から伸びあがるようにして、大きな声で叫んだ。体調を気にしなければならないのは、勇紀より自分の方だった。自律神経が不調になると、風邪をひきやすくなる。これ以上、体力を落とすわけにはいかない。

勇紀を保育所に預けて、光子が入院している病院へ向かった。光子は、手術に臨む準備を終えてベッドに寝ていた。

「気分は、どう？」

雅紀がベッドの傍《そば》に寄って、声をかけると光子は白い顔に笑みを浮かべた。ベッド脇のサイドテーブルに置いたボールペンを取ってメモ帳に書きつけた。

『いいよ。勇紀は元気？』

「ああ、今日も元気に保育所に行ったよ」

光子は、安心したように小さく頷いた。二人して窓の外を見やった。光子は、保育所で遊ぶ勇紀のことを思っているのだろう。筆談は、やっぱり、まどろこしい。これからは、光子の表情や目の動きで、気持ちを読み取らなければならない。

徳子が来た。徳子は、すぐに光子の枕元に近寄り光子の頬《ほお》をなでながら言った。

「よく眠れたかい」

徳子の手を握って苦笑した光子だったが、いくつになっても子を思う親の気持ちに勝るものはない。雅紀は窓際に寄って二人を見つめた。

第十三章　契約満了

手術の時間になった。あらかじめ手術着に着替えて待っていた光子は、看護師に促されてベッドから立ち上がった。

「じゃあ、行ってくるね」

かすれ声だったが、光子がしゃべった。手術室に入る光子に手を振って見送りながら、これが最後に聞く光子の声だったんだということに雅紀は気づいた。しかし、記憶に刻み付けようとすればするほど、なぜか、その声は耳の中で薄れていってしまう気がした。

手術は長くかかった。途方もなく長く感じ、時間が止まっているのではないかと思うほど待ち続けた。無事に終わってほしい。そこにだけ神経が集中して動かず、焦点に絞り込まれた光で、じりじりと神経が焦がされていく。

勇紀のお迎えに行ってくれる徳子を、出口まで送って行った。戻ってくる途中に、外来を通るとテレビでニュースが流れていた。音声は止めていて、短い字幕が流れていた。アメリカの大手投資銀行であるリーマン・ブラザーズが破たんしたという。雅紀にとっては、リーマン・ブラザーズも、破たんの原因になったサブプライムローンも遠い外国のことであり、関心を持たずに通りすぎた。手術待合室に戻ってくると雅紀は、また、同じ長椅子《いす》の同じ場所に腰かけた。今、光子は必死に病気と闘っている。祈ることで光子を応援するしかない。雅紀は目を閉じた。無宗教の雅紀は、祈る言葉を持たなかったが、ひたすら、神様、光子をお助け下さいと念じ続けた。

やっと、執刀医が姿を見せた。

「手術は無事成功しました。喉頭と周囲のリンパ節を切除しました。今は集中治療室で術後管理していますが、明日には病棟に戻れるでしょう」

穏やかな光を湛《たた》えた目を細めて語りかける医師に、雅紀は「ありがとうございます」と頭を繰り返し下げることしか、自分の気持ちを表す術《すべ》を知らなかった。

翌日、雅紀は徳子と勇紀といっしょに、光子の病室を訪ねた。光子はベッドに横になっていたが、三人が枕もとに立つと目を開けた。光子の首には包帯が巻かれていた。左腕には、点滴の管がつながっていた。

勇紀の姿を認めた光子は、笑顔になった。

「ママ」

勇紀の呼びかけに、光子は点滴をしていない腕を伸ばした。勇紀の呼びかけに応える光子の声はなく、白い右腕が愛おしそうに勇紀の顔を、何度もなでた。無声映画のようなシーンであったが、雅紀は『勇紀、元気にしてた？』と明るく答える光子の声を無意識に心の中で補っていた。

「勇紀、ママは喉《のど》の手術をしたから声が出ないんだ。でも、悪いところ取ったから、元気になるからね」

三歳の勇紀に、どんなに説明しても母親の状況を理解させることはできないだろうと思ったが、勇紀は、しっかり頷《うなず》いた。隣で、徳子が目頭を押さえていた。

一週間ほどで光子が退院して四人の生活に戻ったが、以前の家族とは違っていた。朝、勇紀を起こす「朝だよ。お早う」という光子のかけ声がなかった。自転車で保育所に出かける二人を送る「いってらっしゃい」という光子の声がなかった。日中、洗濯物を干しながら歌う光子の歌声がなかった。夕方、保育所から戻った徳子と勇紀を迎える光子の「お帰り」という声がなかった。光子の声がないので、雅紀も勇紀も大きな声を出さなくなった。家中が、とても静かになった。

光子から雅紀への意思伝達は、筆談だった。光子から勇紀へは、光子の書いたメモを雅紀が読んでやるので、まどろっこしいかなと思ったが、取りこし苦労だった。

保育所から帰ってきた勇紀は、一目散に光子のところへ走っていく。光子は膝《ひざ》に勇紀を乗せて、しっかり抱きしめてやる。母親の腕の中で安心した勇紀と少し離れて向かい合い目と目を合わせて話を促すと、勇紀が保育所であったことを話し始める。

「今日ね、かけっこしたよ」

「それから、健ちゃんと砂遊びした」

光子は、じっと聞いて笑顔で頷いている。そうしてやると、満足した勇紀は、光子の膝から降りて、一人で遊び始める。光子が叱《しか》ることができないので、母子の間はかえって円満なようだ。

休職で雅紀の給与がなくなる。光子の仕事への復帰はなくなった。二人分の医療費で、わずかな蓄えも底をつくのは時間の問題だった。徳子のわずかな年金が唯一の収入だった。勇紀の保育所の費用を払えないので、やめざるをえなかった。もう健ちゃんと会えないのと聞いてくる勇紀が不憫《ふびん》であった。

なんとしても、仕事に復帰しなければならない。雅紀の診断書の病休期間が終わりに近づいていた。少しずつ良くなっている感じはするが、ひどく気分が落ち込む時も少なからずあった。ＴＩＳの職場に戻れるだろうかと考えると、胸が苦しくなった。ＴＥＭＩＳの機能仕様を思い出そうとしたが、忘れているところがあって、一生懸命考えたが、どうしても思い出せない。これでは、戻っても仕事ができない。心臓の鼓動が早くなって、頭痛が襲ってくる予感がする。雅紀は、頭を振って、仕事のことを考えるのをやめた。それにしても、職場は、どうなっているのだろう。自分の代わりを誰がやっているのだろう。会社から、何の連絡もなかった。自分はもう不要になって、忘れられたのだろうか。不安が鎌首をもたげる。一人で、悶々《もんもん》とするのが、この病気には一番良くないと言われている。とりあえず、職場の様子を聞くために、赤城に電話してみようと思った。だが、踏ん切りがつかず、ぐずぐずしていた時、久しぶりに会社の携帯が鳴った。赤城だった。

「井村か。どうだ、具合は？」

掛けようと思っていた赤城からの電話だったのと、赤城の調子が、いつもと違うと感じて雅紀は、一瞬戸惑った。今まで赤城からは、雅紀とかマサとか呼ばれていた。名字で呼ばれると、よそよそしさを感じた。雅紀は、病状は、一進一退だが、少しずつは良くなっていると説明して、職場の様子を尋ねた。

赤城は、口ごもった。無言の時間は、悪い予感を裏付けた。観念したように、赤城が話し始めた。

「実は、髙屋さんが戻ってきた」

髙屋が、ＴＥＭＩＳ運用グループに戻ってきたのなら、雅紀がいなくても業務上の支障はないだろう。安心したが、すぐに、不安になった。すると赤城の言葉が不安の的に命中した。

「実は、井村の契約が、今月末で契約満了ということになった」

「契約満了？」

雅紀は、言葉の意味を理解できず、オウム返しに尋ねた。

「つまり……、もうＴＩＳでの井村の仕事はなくなるということだ」

「そうですか……」

受話器を握る手の力が抜けて、落としてしまいそうになった。赤城は、慰めようとしたのか、話を続けた。

「契約満了になるのは、井村だけじゃない。市原もだ。他の協力会社も大半は、契約満了になる。東亜ソフトだけ残して、後は全て整理する方針らしい。俺も、残務を整理して一ヶ月後には契約満了だ」

雅紀は、頭が混乱した。そんなことして、ＴＥＭＩＳの運用が成り立つのか。雅紀の驚きの声が耳に入ったのか、赤城が付け加えた。

「東邦電気は、業績が悪化し続けていたところに、リーマンショックが重なって、コスト削減のため、内製化、つまり外部に出している仕事を、内部に取り込むことにしたらしい。つまり、我々のような請負や派遣にやらせていた仕事を、社員でやって、外注費を減らせという号令がかかったんだ」

「そうなんですか？」

雅紀には、驚きの声をあげたが、はっと頭に浮かんだことがあった。それは、はからずも倉庫で盗み聞きしてしまった黒崎と久保田の会話だった。黒崎は、将来的には社員だけでＴＥＭＩＳを運用すると言っていたが、こんなに早く訪れることになるとは予想もしなかった。

「でも、社員だけでやれるんですか。やれないから、我々、外注を使っていたんじゃないんですか」

素朴な疑問だった。

「確かに、その通りだ。ただ、中には、外注の日程管理と費用処理だけで、仕事している顔をしていた社員がいたことも事実だ。これから社員は仕事が増えて苦労するだろうなあ。でも、人の心配の前に、自分の心配をするのが先だ。井村は、新聞読んでないのか？　東邦のニュースは、新聞に載っていたんだ」

赤城の指摘に、雅紀は顔が赤くなった。雅紀たちは、新聞を取っていなかった。もっぱら、ネットのニュースとテレビしか見ていない。それも、ここ最近は、光子と自分の病気があって、ニュースを見る余裕がなかった。

「でも、みんな今月末で契約満了なんて、契約期間がみんな揃っていたなんて変ですね」

動揺をかくそうと、何気なくつぶやいた一言に対する赤城の返事は驚くべきものだった。

「別に変なことないさ。我々の契約は、みんな一ヶ月単位だからな」

雅紀は、自分たちの仕事は、ＴＥＭＩＳの運用という長期にわたる重要な仕事だと思っていた。だが、実態は一ヶ月単位の契約だったのだ。毎月、更新を続けていたとは言え、月末でいつでも契約満了される立場だったのだ。携帯を握る雅紀の手が震えた。

「それで、入門証や携帯、パソコンも返却しなきゃいけないから、一度、会社に来られないか。来られないのだったら、俺がもらいに行くけど」

雅紀は、会社の近くまで行ったが、気分が悪くなって引き返してきたことを思い出した。だが、社会人として、けじめはつけないといけない。

「大丈夫です。明日にでも持っていきます」

「悪いな。じゃ、頼むよ」

通話が切れても雅紀は携帯を耳にあて続けていた。これから、どうなるのか、どうしたらよいのか想像がつかなかった。

携帯を閉じると、聞き耳を立てていたのか光子が、電話をかける真似をした。

「赤城さんだった。今月末で契約満了になるから、携帯やパソコン、入門証を返却してほしいって言われた」

光子が、大きく目を見開いた。

「高屋さんが戻ってきたりして、社員中心でTEMISの運用をすることになったって。東邦が業績悪化で、外注費を削減するのが目的で、外注はほとんど契約満了らしい」

光子がメモにボールペンを走らせた。

『私も仕事ができないから、退職しかない。これから、どうなるの？』

雅紀も誰かに聞きたい質問だった。でも、気休めでも安心を与えるのが、自分の役目だと思った。

「契約満了になっても、コスモに戻れば仕事があるだろうから、大丈夫だよ」

そう言いながら、うつ病で引き上げになった安川が、東亜ソフトに留まることなく、田舎へ帰っていったことを思い出した。東亜ソフトは、中堅のソフト会社で、自社でのソフト開発もやっているはずだ。そっちに回ることは難しかったのだろうか。光子に不安な顔は見せられないから、雅紀は、無理に平気な顔をして言った。

「明日、会社に行って、パソコンと携帯、入門証を返してくる。その時、これからのことを、赤城さんに聞いてくるよ」

翌日、雅紀は久しぶりに自転車に乗って会社に向かった。休職に入る前、正門を目の前にして立ち往生した自転車置き場の入口付近では緊張したが、何事もなく通り過ぎた。二ケ月ぶりの職場は、懐かしかった。初出勤の時のような気持ちで、職場のドアをくぐった。入口近くで、顔を合わせた人が上げた驚きの声が、フロアに伝播《でんぱ》して、たくさんの視線を浴びた。幸い職場には、黒崎や久保田の姿はなかった。赤城が席にいたので、雅紀は歩み寄ると、深々と頭を下げた。

「ご迷惑をおかけしました」

赤城も立ち上がって迎えてくれた。

「元気そうだな。もう、働けそうじゃないか。医者は、なんて言ってるんだ」

「来週、診察を予約しているんで、まだ……」

「そうか。でも、まあ、無理もできんからな」

話が途切れかけたので、雅紀は、カバンから携帯とパソコンを取りだした。

「入門証は、どうすればいいですかね。出る時に必要ですし」

「市原、すまんが、門までついて行って、出たところで受け取ってくれ」

市原が、「へい」と不満そうな声で答えた。赤城に用が済んだと思われては困るので、雅紀は、すぐに話をすすめた。

「それで、引き上げた後は、どうなるんですか」

雅紀の問いに、赤城は、ちょっとためらいを見せたが、すわり直して話しだした。

「井村は、これからは東京支社の総務部所属になる。近々、総務の担当から連絡が入るはずだ。今後は、総務担当の指示に従ってくれ。俺は、もう少しこっちに残るから。まあ、いずれ東京支社で顔を合わすと思うけどな。元気でな」

四国から付き添われて上京して以来、約四年間にわたって公私ともに世話になった赤城と、こういう形で別れるとは思わなかったが、やむを得ないことなので、今までの礼を言って引き揚げることにした。職場を出て、廊下を右に曲がろうとした時、左の廊下の奥にこちらに向かってくる二人の人影が見えた。黒崎と久保田のように見えた。待って、あいさつしようかと思ったが、そのまま右に曲がった。あの人たちにとって、結局自分は手持ちの駒にすぎなかったのだ。いいように使われて、挙句は切り捨てられたのだ。

門まで市原と並んで歩きながら、黙っているのも変なので、話しかけた。

「コスモに戻って、どうなるんですかね」

見上げた市原の顔に、意地悪い薄笑いが浮かんだ。

「俺はシステム部に戻るんだ。システム部にもどったら、すぐに次の常駐先にいかされる。井村は、総務部なんだってな。総務部所属の者は、次にいくところを自分で見つけないといけないらしいぜ。たいへんだな」

雅紀は、絶句した。きっと、市原は雅紀に仕返しする機会を狙っていたに違いない。そして、最後の最後になって、その機会を得たと笑いをこらえきれなかったに違いない。

翌日、コスモ電産から電話があった。男は、総務部の課長で、早川と名のった。

「病休中ですが、今後のことについてご相談したいことがありますから、一度、東京支社に出てこられませんか。だめなら、こちらからうかがってもいいですが」

「わかりました。出社します。ところで、総務部所属と聞きましたが、総務部ではどんな仕事をするのですか」

雅紀は、気になっていることを尋ねた。早川は、間を置いてから答えた。

「それは、会社に来てから、おいおい相談しましょう」

雅紀は、復職した場合、畑違いの総務部で何をやらされるのか心配だった。二ケ月で復職した安川は、一人でトラブル対応を抱え込んで、再発した。ＴＩＳの職場は、昼夜なく障害対応にさらされる過酷な環境だった。コスモに戻ればＴＩＳの職場からは逃れられるが、新しい仕事を覚えるのは、ストレスになる。今、復職するべきなのか迷うところだった。だが、あまりに長期間、仕事から離れてしまうとＩＴスキルの進歩から取り残されてしまうのも心配だった。それに、一番気になるのは、収入だった。光子も働けないし、自分が働かないと、一家が路頭に迷うことになってしまう。

メンタルクリニックの若い医師は、メガネの奥の目を細めて、雅紀を見つめて言った。

「だいぶ良くなってきていますが、もう少し療養が必要だと思いますね。それに復職する場合は、同じ職場で環境の変化がない方がいいのです」

医師は、治療の継続をすすめた。

「環境が変わると言っても、前の職場は、ひどくきつい職場でした。どんな仕事になるかわかりませんが、新しい職場の方が環境面では良くなるのではないかと思います。それに、私としては、仕事をしないと収入がないし、妻の医療費もかかるので、働きたいのです」

たまらず、雅紀が自分の意向を伝えると、医師は、ため息交じりに頷いた。

「わかりました。仕方ないですね。でも、当初の病休期間中は休んだ方がいいですよ」

心優しい医師のせめてもの助言に従おうと思った。

コスモ電産の東京支社は、五反田にあった。師走になって、雅紀は東京支社に出社した。雅紀にとって、初めての電車通勤で、朝のラッシュは、病み上がりの身にはきつかった。駅から数分歩いたところにあるビルの二階、三階が、コスモ電産の東京支社だった。

フロアの大部分はシステム部で占められていた。総務部は受付と応接室が、目立つぐらいで、数人の小さな部署だった。

入口で来意を告げると、窓際の席に座っていた年配の男が頭を上げた。雅紀は、男の机の前に立って、あいさつした。

「マネージャーの早川です。さっそく、面談しましょうか」

部員に紹介されるのかと思ったら、すぐに、隅の打ち合わせコーナーに連れて行かれた。早川は、痩身で白髪が多いが、眼光には力があった。

「井村さんは、総務部所属ですが、復職しても総務部の仕事をしていただくわけではありません。一時的な所属です。かといって、今の時代、次の仕事が向こうからやってくることはありません。自分から見つける主体的な努力が必要です。日中に、求人情報を検索できますし、ここからハローワークに出向いていただいても、けっこうです。我々も、可能なサポートはします。例えば、人材開発セミナーへの参加、キャリア・コンサルタントとの面談など、申請してくれれば許可します」

市原の捨て台詞《せりふ》の通りだった。まさか復職したら職探しが仕事になるとは思わなかった。雅紀は驚いて、まじまじと早川の顔を見た。そこには、サラリーマンにとって死刑宣告にも等しいことを告げているという後ろめたさはなかった。交通費の処理でも説明しているような表情であった。これは、首切りだと思うと、一気に、血圧があがり、心臓が激しく脈打ち始めた。

「職探しが仕事ですか？　私は、コスモで働きたいんです」

緊張と興奮で、呂律《ろれつ》が回らない。どもりながら、訴える雅紀を、早川が冷ややかな目で見下ろしていた。

「もちろん、復職すれば、あなたの情報は、社内のシステム部にも開示します。社内のグループから引き合いがあれば、異動できる可能性もあります。でも、今は東邦電気さんを含め多くの常駐先から、たくさん引き揚げてきているので、社内で受け入れるところがありません。どこも、即戦力を求めています。正直言って、井村さんは、もう百パーセントの力で働ける状態ではないから、どこからもオファーはないと思いますよ」

「私は、良くなっています。先日、医師からも言われました」

「私も身近で、この病気を見てきた経験がありますからね。寛解したように見えても完治は難しいのが、この病気です。いつ、再発するかわからない。そういうリスクを抱えた人を、お客様のところに常駐させるわけにはいかないのです」

早川は、そこで背中を伸ばして、クリアファイルから一枚の紙を出してテーブルに置いた。

「実は、これから、会社では希望退職を募集します。これに応じていただければ、退職金に、六ケ月分の給料を上乗せします。募集は、今月末が締め切りです」

紙には、いろいろ数字が並んでいた。割増の加算金欄は、たしかに雅紀の月給の半年分にあたる金額だった。

「引き揚げた人があふれていますから、復職しても、たぶん、あなたにやっていただく仕事はないと思います。その時点でやめても、割増はでません。今なら、割増があります。今やめた方が得だと思いませんか」

早川は、さも親切そうな言葉使いで、あなたのことを思って提案しているという顔をしていた。

雅紀は深く傷ついた。自分は、常駐先のTISで一生懸命働いてきた。毎日遅くまで残業を行い、人が寝ている夜も障害があれば飛び起きて対応してきた。それは、コスモの信用を大切にするためであったし、何より雅紀の働きは、コスモにマージンをもたらしていたはずだ。病気になって、使い物にならなくなったからと言って、こんな扱いを受けなければならないのかと、雅紀は唇を噛《か》んだ。

「まあ、よく考えてください。来週、また面談しましょう」

雅紀は唇を噛《か》みしめて、会議室を出ていく早川の背中を見つめた。

翌週の面談まで、雅紀は考えたが、今はやめないという結論だった。早川の言い方は、希望退職を誘導しようとしていたが、あくまでもどちらを選ぶかは、個人の自由というニュアンスだった。であれば、残った方が安心だ。割増金があるが、職を失えば、あっという間になくなるだろう。今、病を抱えながら、次の職を探し、新しい環境に適応していくことは想像できなかった。

第十四章　ついに、ユニオンへ

「どうでしたか、結論はでましたか」

翌週の面談で、向き合った早川は、開口一番聞いてきた。

「はい、考えましたが、今は辞めず、身体を治して、また、がんばって働きたいと思います」

雅紀は、自分の意志が尊重されると思っていたが、早川の反応は、予想外だった。眉《まゆ》を寄せて、苦虫を噛《か》み潰《つぶ》したような顔になった。そして、言葉使いが一変した。

「せっかく、割増金をもらえるチャンスをあたえてやろうとしてるのに、何を勘違いしているんだか」

「復職しても、スキルは使い物にならんし、あんたの仕事なんかない」

「うつ病の病歴をある人を、受け入れてくれるところなんかない」

早川の暴言は、雅紀の心に、錐《きり》のように突き刺さってきた。雅紀は、反論する気力を失なって黙った。その態度が、反抗的に映るのか早川の暴言は、さらにエスカレートしていった。

面談が終わって、雅紀は、トイレに入った。便器に腰かけていると、情けなくて涙があふれた。歯を食いしばって嗚咽《おえつ》だけはこらえた。しばらく、涙が止まらず、トイレから出ることができなかった。早川は来週も面談をやると言う。こういう時間が、これからも、ずっと続くと思うと目の前が、真っ暗になった。雅紀には、その日、どうやって家に帰ってきたのか記憶がなかった。

次の朝は、起きようと思って、身体を動かそうとするが、自分の身体でないようで重くて、動かない。二日目の昼過ぎに、ようやく布団から起き上がった。布団に横になっていると下校する小学生の声が、通りから聞こえてきた。子どもですら、なにがしかの役割を果たしながら生活しているのに、自分は何もできない。いよいよ自分の身体は、壊れてしまった。身体は、水が入った革袋のようで、ぐにゃぐにゃで力が入らない。これから、自分と家族は、どうなるのだろう。田舎に帰る考えも浮かんだが、既に弟が家業を継いでいるので、自分たちが転がり込んでも居場所はない。光子と結婚する時点で、もう田舎には帰らないと決意したではないか。考えると、深い地殻の割れ目に落ちていく感じで、気分がめいっった。

薬が無くなったので、仕方なくメンタルクリニックへ行った。症状を訴えるまでもなく、若い医者は、雅紀のうつろな表情から病状の悪化を見て取っていた。さらに、六ヶ月の療養が必要という診断書をもらった。

休職を延長してしばらくすると、どうにか体調が戻ってきた。やはり早川との面談が精神的打撃だったのだ。しかし、復帰する場合、またあの面談を受けなければならないのかと思うと憂鬱《ゆううつ》になった。なにげなくテレビをつけると、ニュースをやっていた。リーマンショックに伴う不況で、大手自動車メーカーが相次いで、派遣労働者の派遣契約打ち切りを行った結果、労働者は派遣元会社からも雇い止めになって、住まいもなくなり、寒風の下に追い出される事態が生じていると報じていた。そして、雇い止めになった派遣労働者たちが、労働組合を作って、門前で抗議している映像もセンセーショナルに流れていた。日本中が、騒然としていた。

ニュースを見て、雅紀は安斉が言っていた労働組合って力があるんだと思った。ぼんやりと立ち上がって机にすわった時、何気なく机の引き出しに目がいった。雅紀は、はっとして、引き出しを開けた。そこには、皺《しわ》になった一枚のビラが入っていた。勇紀の三歳の誕生日に門前でまかれていたビラだった。情報ユニオンの電話番号が書かれていた。雅紀はビラを見つめたまま、逡巡《しゅんじゅん》していた。

ビラを見つめている雅紀を光子が、じっと見ていた。光子に気づいた雅紀は、ビラを示して言った。

「ここに相談しようかと思うんだ。安川さんの送別会の時、安斉さんから、ここに相談に行こうって誘われたけど、僕は、勇気がなくて、断ったんだ。でも、もう、ここしかないと思う」

光子は、雅紀からビラを受け取ると、頷《うなず》いた。そして、雅紀を促すように電話をかける仕草をした。雅紀は、受話器を取り上げて、情報ユニオンの電話番号を押した。三回ほどのコールで、男の声がした。

「はい、情報ユニオンです」

「えーと、相談にのっていただきたいことがあるんですが。システムエンジニアですが、うつ病になって、病休中に常駐契約満了にされてしまったんです」

雅紀は、いきなり電話をかけたので、何をしゃべっていいのかわからず、何度も同じことを繰り返したり、あっちこっち飛びながら話したが、相手は、辛抱強く、整理しながら聞いてくれた。結局、雅紀は、一時間ぐらい電話に齧《かじ》りついていた。受話器を置いた時、持っていた腕に痛みがあった。無意識に力が入っていたようだ。ずっと、そばにいた光子に、雅紀は電話の内容を説明しようとしたが、伝えられることは、短かった。

「明日、夕方六時に駅の改札で待ち合わせて、話しをすることになった。無理して、復帰しないで、労災申請をした方がいいんじゃないかって言われた」

労災という言葉を、初めて耳にした。不安もあるが、救いの道を示す言葉なのかもしれない。とにかく、この底なし沼から抜け出す一歩を踏み出したのだと、信じるしかない。光子がメモを差し出した。

『経過を説明しやすいように、日付順に出来事を紙にまとめた方がいい』

「そうだね」

雅紀は、素直に従った。光子は、横で雅紀のつたない説明を聞きながら、はらはらしたに違いない。光子のアドバイスがうれしかった。パソコンを使って、経過を書きだしたが、しばらく使っていなかったので、少し集中すると疲れた。横になって休みながら、なんとかＡ４一枚に、まとめあげた。光子に見せると、誤字脱字を赤字で指摘してくれた。

晩秋の夕方六時前、既にあたりは暗く、駅は、出入りする勤め人や学生たちで混雑していた。改札を出るサラリーマンは、一日の労働の疲れをにじませて、コートの襟をたてて足早に家路を急いでいる。高校生の集団は、おしゃべりに花を咲かせながら、派手な身振りで別れを告げて、改札機にカードをタッチして構内に消えていく。その後ろに、塾に通うのか小学生と思われる子どもが、小さなバッグをしょって続いて行く。

雅紀は、改札の向かいのハンバーガー店の前に立って、人の流れをながめていた。活力のある人の営みが、今の雅紀には、別世界のように思われた。

雅紀は、ユニオンの人が、改札から出てくると思って待っていたが、それらしい人物は見当たらず、時間が過ぎた。その時、切符売り場の前に立っている二人の男性が目に入った。身長差のある二人連れだった。二人とも六十代と思われた。向こうもこっちを見ていて、目があった。背の低い男が、笑顔で声をかけてきた。

「井村さんですか」

雅紀は頷いた。背の低い男は、野田という名前だった。背の高い男は、河村と名のり、神経質そうな表情で、頭を下げた。三人で、駅前のファミリーレストランに入った。ドリンクバーを注文してから、野田が差し出した名刺には、情報ユニオン執行委員という肩書が書かれていた。雅紀は、経過をまとめた紙を二人に渡して、説明した。

「ありがたいですね。こうしてまとめていただけると、よく理解できます」

野田が、柔らかい眼差しを紙に落として言った。黙って経過を読んでいた河村が、目を上げて言った。

「病休中の人に、退職強要するのは、あまりに冷たい仕打ちですね。団交して、やめさせましょう」

団交という言葉がわからず、雅紀は、聞き返した。

「我々の労働組合に入っていただきますと、労働組合は、組合員の労働条件について会社と団体交渉することができます。会社は、団体交渉を拒否することはできません。団体交渉は、憲法に保障された労働者の権利です」

野田が、ていねいに解説してくれた。

「ここに書かれているのはご自身のことだけですが、電話で伺った話ではご家庭での困難もあるようですね」

その時になってやっと、昨日電話で話した相手が、野田であることに気づいた。雅紀は、光子の病気のこと、徳子と勇紀のことを話した。河村が聞きながら、深刻な表情をして、大きく頷いていた。

「団交だけじゃなくて、まずは井村さんの健康を取り戻すこと、それとともに家族の生活をどう支えていくか、長期的な作戦が必要ですね」

野田の言葉に、雅紀は自分の抱えている全ての問題を受け止めてくれようとする人がいるということに驚き、ありがたいと思った。

「それから、直接雇用関係にあるのは、コスモ電産ですけど、過酷な労働をしいてうつ病を発症させたのは、東邦電気ですよね。しかも、契約は請負ですが、ＴＩＳの社員から作業指示されていたというのですから、偽装請負ですよ。作業指示をしていたのが、東邦なら安全管理義務も負っていたことになりますからね。東邦を引き出さないといけませんね」

河村が、興奮気味に早口で話した。雅紀は、話が過激になっていくと感じたが、確かにその通りだと思った。送別会もなく、去って行った安川のことが心に浮かんだ。

「私の他にも、うつ病になった人がいました。その人は、二ヶ月休んで出てきましたが、再発して田舎に帰られました。すごくプライドの高い人で、自分の仕事をまっとうできなかったのは、自分の責任だと、最後の挨拶《あいさつ》も遠慮していました。私も、他の人はならないのに自分が、うつになったのは、自分がだらしないからだと、つい思ってしまって……」

話しているうちに、感情が盛り上がってきて、語尾が途切れた。

「会社は、自己責任と思わせようとしますけどね、全然自己責任じゃないですよ。昼も夜も働かされていたら、誰でも壊れますよ。昼も夜も働かせたのは、誰です。会社でしょ。会社の責任じゃないですか。会社は、安全管理、健康管理に配慮する義務があるんです。だから、あなたが、うつ病になったのは、会社の責任ですよ」

『うつ病になったのは、会社の責任』という河村の言葉が、雅紀の頭の中で、反響した。身体を縛り付けていた鎖が、徐々に千切れて、手や足を自由に動かせるようになっていく気がした。

「とにかく、昼も夜も働かさせられる職場を、なんとかして、八時間働けば人間らしい生活を送れる、そんな職場を取り戻さないといけないですよね。本来、それをやるのが労働組合です。でも、労働組合と言いながら、労働者の生活より、企業の業績に目がいって、非正規社員は視野の外というところもあります。その点、我々は会社とのしがらみは一切ありませんから、非正規を含めたすべての労働者の生活と健康を守るために、遠慮せず会社側にはっきりと物をいいます。ぜひ、我々のユニオンに入って、いっしょに闘っていきませんか」

野田の呼びかけに合わせて、河村も、ぐっと身を乗り出した。雅紀は、二人の熱い気持ちに賭けてみようと心に決めた。門前でビラを配るユニオンの地道な活動を見てきた。安斉もユニオンは信頼できると言っていた。なにより雅紀には、もう、他に道はなかった。

「よろしくお願いします」

雅紀は、二人に深々と頭を下げた。歓迎の声と控えめな拍手が、頭の上に降ってきた。

二人と別れて、家に向かっていた雅紀は、久しぶりに高揚していた。ユニオンの加入申込書を書き、連絡方法を決め、次に会う日を決めた。前に一歩進んだと感じるのは、本当に久しぶりだ。しかし、明るい大通りから路地に曲がった時に、心に暗い影がさした。自分の決定したことは、本当に正しかったのかという自問だった。今回の決定は、恐らく自分だけでなく家族の人生も今までとは、大きく変えることになるだろう。自分は耐えられるだろうか。そして、家族は理解し、賛成してくれるだろうか。家のすぐ近くまで来て、雅紀の足取りは重くなり、ついに止まった。加入申込書を書いたのは、早まったかもしれないと、弱気の虫がつぶやいた。雅紀は、頭を振って、弱気の虫を振り払った。賽《さい》は投げられた。もう、進むしかない。後戻りはできないんだ。雅紀は、玄関を開けて、「ただいま」と大きな声で言った。

光子たちは夕食を済ませ、光子は勇紀を寝かせていた。雅紀は、ファミレスでピザをちょっと摘《つま》んだが、足りなかったので、夕食を軽く食べた。徳子が食事の世話をしてくれた。

「すみません。お義母さん、勝手にやりますから」

雅紀が遠慮して言ったが、徳子は、話があるみたいで理由をつけて台所に残っていた。雅紀が食べ終わるのを見計らって、徳子は、雅紀の斜め前の席に座った。

「昨日、雅紀さんが電話しているのや光子に話しているのが聞こえたんです。私の友達で市会議員と親しくしている人がいるんです。たまたま、その人と会ったんで、相談したんだけど、会社と事を構えるのは、結局、自分の方が失うものが多いから、よした方がいいと言っていました。収入がない時のセーフティネットはいろいろあるから相談にのると言ってくれましてね」

徳子は、雅紀と視線をあわせず、下を見たり、雅紀の横を見たりしながら話した。

「お義母さん、ご心配をおかけして、申し訳ありません。僕がうつ病になったのは、会社の過重な業務のせいなんです。だから、会社に責任を取ってもらわないと気が済まないし、これから僕と同じ思いをする人をなくすためにも必要なことなんです」

雅紀は、興奮を抑えて、できるだけ穏やかに話した。徳子の世代の人には、会社と争うなどということは思いもよらないことなのだろう。もっとも、少し前までは自分もそうだったのだから。

「一人なら、無茶しても自分が後悔するだけだから、いいんでしょうけどね。あなたには、光子や勇紀がいるんですよ。よく考えてください」

徳子が、ぐっと目力をこめて、雅紀を見据えてきた。雅紀が、言い返そうとした時、光子が部屋に入ってきた。徳子は、立ち上がって、光子と入れ違いに出て行った。

数日して、野田から、ユニオンの幹部も交えて、今後の対応を検討したいので、ユニオンの事務所に来てほしいと連絡があった。土曜日の午後二時、山手線新橋駅の広場には、雲の切れ目から冬の弱い日差しが差していた。河村が待っていてくれた。河村の後について、派手な看板が並ぶ通りを抜けていく。点灯していない電飾は、眠りから覚めたばかりの寝ぼけた感じで、ランプの汚れや傷をだらしなく白日にさらしていた。

大通りに面した単身者用マンションのような建物に河村は入っていった。インターホンで部屋番号を押して、合図すると内側のドアの鍵が開く音がした。エレベータで六階に上がった。一番奥の部屋に、「情報ユニオン」という看板がかかっていた。

ウナギの寝床のような細長い部屋に、長いテーブルがあって、書類を入れたキャビネットを背に、年配の男が三人並んで座っていた。一人は野田だった。野田が立ち上がって、にこやかに言った。

「井村さん、わざわざ、遠いところを来ていただいて、すみません。どうぞ、お座りください」

雅紀は、三人の向かい側に座った。河村も同じ側に着席した。

「今日は、井村さんの闘いの今後の進め方について検討したいと思い、ユニオンの寺川委員長、徳永書記長にも参加していただいています」

寺川は、頭髪の薄くなった小柄な男であったが、生気みなぎる日焼けした顔に笑みを浮かべていた。上背のある徳永は、角ばった浅黒い顔に笑いを浮かべて、「よろしく」と握手を求めてきた。

野田が、雅紀が作成した資料を全員に配って、経過を説明し、雅紀の家庭の状況についても付け加えてくれた。

続けて、野田が自分の考えを述べた。

「無理して復帰すると、病状を悪化させますから休んで、しっかり病気を治すことが先決だと思います。業務上の長時間、過重労働が、うつ病の原因に違いないので、労災申請して認定を得られるようにすべきだと思います」

「労災申請は、会社が行うのが筋だが、本人が労働基準監督署に直接請求することもできる。ただ、原因が業務だということを労働者側が証明しなければならない。それには、長時間残業を裏付ける証拠が必要になる。会社にタイムカードなど出退勤データを要求しても、改ざんされてしまう恐れもある」

徳永に指摘されて、雅紀は言葉を失った。いくら長時間残業していたと主張しても、それを裏付ける客観的な証拠を、持ち合わせていないことに、いまさらながら、気づいたのだ。ＴＩＳでは、正社員の出社、退社時刻の記録は、ＩＤカードをカードリーダーに通して自動的に勤怠システムに登録していたが、協力会社は、タイムカードを使っていた。職場の入口に、タイムカードラックがあって、出社時にタイムカードをタイムレコーダーに差し込んで、時刻を打刻していた。あきれるほど旧態依然とした、おざなりの出退勤管理だった。見なしの残業代を含む年俸制だったので、きちんと残業時間を管理する必要がなかったのだ。あのタイムカードは、どこへ行ったのだろう。コスモ電産に当時のタイムカードを出すよう要求したら、どんな反応があるだろう。もしかしたら、改ざんしたカードを提出されるかもしれないというのには驚いた。確かに、早川の態度を思えば、考えられないことではなかった。

「偽装請負についても、ＴＩＳ社員から直接作業指示されたことを示すもの、例えば、メールなどが残っているといいんですがね」

野田からの要求にも、雅紀は戸惑った。こんな会議の場で言わなくても、前回会った時に、前もって言ってほしかったと思った。

「メールはＴＩＳのパソコンの中です。ノートパソコンは、ＴＩＳに返却しました。

出社、退社の記録は、タイムカードでやっていました。タイムカードは、コスモに提出しています」

雅紀は、唇をかんだ。働いていた時には、これらが自分の働き方を証明してくれるものだということに、まったく思い至らなかった。

「ところで、自宅で夜間対応した作業時間の記録は、何かありますか」

徳永が、質問を続けた。

「夜間処理の報酬は、ボーナスの時に個人の業績評価に加算されると言われました」

雅紀の答えに、周りの者が一様に、あきれた顔をして、驚きの声を漏らす者もいた。

「夜間働いたら、深夜割増の賃金を払わないといけないんです。これは、管理職にも払われるものですよ」

雅紀は、自分が如何《いか》に無知であったか思い知らされた。確かに、おかしいと思って、最初は赤城に尋ねたりしたが、ボーナスに反映と聞いて、こんなもんかなと納得してしまったのだ。

「コスモからＴＩＳに追加費用請求するのだということで、夜間対応の報告書に、時間を書いて上司に提出することはしていました」

雅紀の答えは、まばらな苦笑いを引き起こしたが、すぐに、重苦しく長い沈黙が、部屋を覆った。

「証拠がなくてはねえ」

河村がため息を吐き出すように言った。その時、寺川の太い声が沈黙を吹き払った。

「井村さんは、仕事柄必ずパソコンを使いますよね。ＯＳのイベントログを取れば、パソコンの起動、シャットダウン時刻はわかるでしょ。パソコンの起動、停止時刻イコール、業務開始、終了時刻でしょ」

雅紀は、あっと思った。システムエンジニアの自分が先に気づくべきことを委員長に指摘されて、ばつが悪かった。それで、一言付け加えた。

「そうですね。使用者が変わって、ログのクリアをしていなければ」

「残っていたとして、どうやって職場のパソコンから持ち出すかですね」

寺川の指摘《してき》に椅子から立ち上がって喜んでいた野田が、ため息をつきながら、また座り込んだ。

「それを、なんとか入手できないか、やってみたらいいじゃないか」

再び、寺川の太い声がした。

雅紀は頼めるとしたら、長谷部しか思いつかなかった。しかし、社品携帯を返却した今、長谷部への連絡方法はなかった。あの頃は、平気で真夜中に、相手をたたき起こして電話していたのにと思ったが、今となっては、たとえ仕事だったとしても、どうして、あんなことができたのか不思議な気がした。

家に帰ってからも考え続けていたが、いい案は思いつかない。肩をたたかれた。振り返ると、光子が、人差し指を立てて左右に振って、掌《てのひら》を雅紀に向けた。いちいち紙に書いて筆談は、めんどうなので、最近、雅紀も、少し手話を覚えるようになった。

「どうしたのかって？」

雅紀は、光子に言っても、わかってもらえないだろうと思った。

「なんでもない。ユニオンで長い会議をしたから疲れたんだ」

光子は、すぐに首を傾けて、目を閉じた。そして、押入れから布団を出して敷き始めた。その後ろ姿がいじらしかった。雅紀は、自分も布団敷きを手伝った。そして、敷き終わった布団に横になりながら、残業時間を証明するために、パソコンのログが必要だが、頼める人がいないことを光子に話した。光子は、少し思案顔になったが、すぐにメモに、『麻里ちゃんに頼んでみる』と書いた。そして、すぐに携帯を出して、メールを打ち始めた。雅紀は、麻里が光子と仲のよかった社員の江川のことだということに気づいた。確かに社員の江川なら、職場の中で自由にふるまえるから、他のパソコンを使っても理由がつけられる。江川が協力してくれるだろうか。雅紀の胸に、小さな灯がともった。

第十五章　イベントログ

　江川からの返信が待ち遠しかった。だが、その日には返信は来なかった。翌日の昼には、引き受けるとか、できないとかの返事があるかと思って光子に聞いたが、光子は、両手の人差し指で×印を作った。

「やっぱり、だめかな」

　こういう時、自分でも悪い癖だと思うのだが、すぐに悲観的になってしまうのだった。暗い顔をした雅紀に、光子が笑みを浮かべながら、右手を少し丸くして胸の前で左から右に動かした。

「大丈夫ってか、そうだね。信じるしかないよね」

　こういう時に、光子だけでなく、一般的に女性はたくましいと思う。命をつなぐ女性は、命を託す未来に、本能的に楽天的なのかもしれない。雅紀は、勇紀と遊ぶ光子を見つめた。

夕方、電話が鳴った。雅紀が出ると、久しぶりに聞く江川の甲高い声がした。

「今、駅から大通りをまっすぐ来たんだけど、井村さんの家が見つからなくて、道順教えて」

雅紀は、突然だったので、頭が混乱したが、江川が家に来てくれようとしているのだと悟った。

「ああ、じゃ、僕が通りまで出ますから、そこで待っていてください」

雅紀は受話器をあわただしく置くと、首をかしげる光子に言った。

「江川さんが、うちに来ようとしていて、大通りまできているらしい。これから迎えに行ってくる」

光子の顔が、輝いた。

「こんばんは、お邪魔します」

雅紀の後から玄関に入ってきた江川は、出迎えた光子と手を取り合って久しぶりの再会を喜んだ。光子はにこやかな笑みを浮かべて、指で口をさしてから、右手を左右に振った。

「うん、うん」

江川は何度も頷《うなず》いた。光子は江川に部屋に上がるように手で示した。

部屋に上がると、江川は、バッグからUSBメモリを取り出した。

「はい、イベントログ（動作記録）のデータを取ってきたわよ。井村さんのデスクトップパソコンは、今は部の共用パソコンになっているのよ。私は、ほとんど共用パソコンを使う用事ないから、逆に、変に思われないか、ちょっとどきどきしちゃった。ログは、二年分しか残ってなかったけど、大丈夫かな。それと、メールは削除されていた」

江川は、いつも早口だが、特に今日はテンションが高い。やはり、江川も上司の目が気になって、緊張したのだろう。

「ログは二年分あれば十分です。すみません。無理なお願いしちゃって」

雅紀は、頭を下げた。

「みっちゃんの頼みだもの。妹分の私としては、断れないでしょ」

江川は、笑いながら答えたが、眼は真剣だった。メールが削除されていたのは残念だったが、勤務時間を証明するログが確保できたのは大きかった。

「それから、もし東亜ソフトの長谷部さんの電話番号知っていたら、教えてもらえませんか。僕は、社品携帯返しちゃったんで、電話番号がわからなくて」

今、江川が職場に通じる唯一の経路だった。江川に負担になるかもしれないが、雅紀としては、江川に頼むしかなかった。

「いいわよ。味方を増やさないとね。長谷部さんとは、いつも連絡とってるから」

江川が携帯を取り出して、電話帳を調べだした。

「江川さんは、スマホじゃないんですか」

「私、ちょっと、ああいうの好きじゃないのよ。私は、アナログだから。SNSより、直接会って顔合わして話しするのが、いいと思う」

その時、勇紀が寄ってきて、光子の陰に隠れるようにして、江川を覗《のぞ》いた。

「勇ちゃんね。こんばんは。大きくなったね。歳、いくつ？」

江川は、電話番号を探す手を止めて、勇紀に話しかけた。勇紀は、恥ずかしそうに光子の後ろに隠れながらも、指を三本たてた。光子は勇紀を前に出して、指を口にあてて勇紀に口で答えるように促したが、勇紀には伝わらない。

「勇紀、ちゃんと、お口で答えるんだよ」

雅紀が声をかけると、勇紀は小さい声で「三つ」と答えた。

「偉い、勇ちゃん、偉いね」

江川は、勇紀の頭をなでながら褒めた。

雅紀は、帰る江川を駅まで送って行った。駅の近くまで来た時、江川が突然立ち止まった。「デスクトップパソコンのイベントログで、事務所での勤務時間は証明できるけど、夜間対応の勤務時間は、どうするの？」

「それなんですが、ノートパソコンのイベントログも取れればいいんですが、引き上げになる時に、返却したんです。あのノートパソコンは、どうなったのかな」

「まだ、事務所にあるかもしれないし、他の人に振り向けられているかもしれない。もし、誰かが自宅に持ち帰っていたら、もう手がでないわよ。デスクトップだって、たまたま、共用になっていたから私も使えたけど、誰かの専用になっていたら、パスワードがかかって、お手上げだったわ」

デスクトップのイベントログを手に入れることができたのは、運が良かったのだ。たぶん、雅紀のパソコンは古くて、スペックが低かったから誰も欲しがらなかったのかもしれない。

「そうだ。ＴＥＭＩＳのグループはメーリングリストを使っていたよね」

「ええ、全員が入っているメーリングリストと各チーム別のメーリングリストがあります。ほとんどのメールが、メーリングリスト宛にくるので、ものすごい数になります」

江川に聞かれて、雅紀は答えた。

「メーリングリストってことは、メンバーの人は同じメールを持ってるってことじゃない。井村さんのメールは削除されていたけど、長谷部さんに頼めば、全員宛のメールをもらえるんじゃない」

江川の指摘に、雅紀は飛び上がる思いがした。まったく、なんで今まで思いつかなかったのだろう。

「そうか。すぐに長谷部さんに頼んでみます。夜間対応の報告メールに、対応開始時刻も書いているはずですから。いやー、ありがとうございます」

雅紀は、何度も江川に頭を下げた。そんな雅紀に、穏やかな眼差しを向けて、江川は言った。

「二人で子どもの躾《しつけ》もやって、本当に一生懸命やってるね。私、応援するからね。じゃ、また」

江川は身を翻すと、改札に足早に歩いて行った。

家に戻ると、雅紀はすぐに江川から教えてもらった長谷部の携帯に電話した。

「ああ、久しぶりですね。身体の調子はいかがですか」

雅紀が名のると、長谷部は、一瞬、息をのんだが、すぐにいつもの親切そうな声で聞いてきた。

「一進一退だけど、まあ、少しずつ良くはなっているとは思っているんだけど。あまり焦らずにやろうと思ってる」

雅紀は、どう話を切り出せばよいかわからず、微妙な間が生じた。

「今日は、なんですか」

「実は、会社から仕事がないから希望退職に応じろっていわれてね。つまり、退職強要されたんだ」

電話の向こうで、長谷部が息をのんだのが聞こえた。

「それで、また病気が、ぶり返したりしてね。それで、労災申請したいんだけど、証拠がいるんだよね」

「証拠ですか」

「どんな仕事をしていたとか、働いていた時間とか。特に、昼も働いた上に、夜間対応させられていたことを証明したいんで、メールの記録がほしいんですよ。夜間対応の報告メールには、何時から何時まで対応したって書いてあるでしょ。ＴＥＭＩＳのメーリングリストに送っていたから、僕の障害対応のメールも長谷部さんに行ってるはずですよね」

「ええ、メールは消していないから」

「メールデータのコピーをもらえませんか」

雅紀は、なんとか自分の言いたいことを言い終えた。長谷部の答えを待ったが、息遣いだけが聞こえた。

「それって、裁判やるんですか」

ようやく長谷部から返ってきたのは、雅紀にも答えられない質問だった。

「わからない。やらないで解決できれば、いいと思ってる」

「業務上知りえた情報を、勝手に外部に渡すのは、禁止されていますよ」

不意打ちのような長谷部の返事は、雅紀の胸に突き刺さった。確かに、常駐請負の契約説明で、雅紀も、そのように言われた記憶が、頭の片隅に蘇《よみがえ》った。でも、ここで長谷部に断られたら道がなくなる。雅紀は、必死で粘った。

「安川さんと同じ病気になったんだ。あんな環境で働いていたら誰がなってもおかしくないよ。安川さんは、黙って田舎に帰っていったけど、誰かが声を上げないと良くならない。だから、協力してくれませんか」

主役のいない送別会になったけど安川の送別会を、二人で計画したではないか。なんとかわかってほしい。雅紀は、気持ちを込めた。長い沈黙の後で、長谷部が言った。

「すみません。こちらにも事情がありますから」

気が付くと電話は切れて、発信音だけが鳴っていた。江川の言葉に勇気をもらっていた雅紀には、長谷部の態度は、ショックだった。ユニオンでも思い通りに行かないことの方が多いと言われていたが、やはり背中を向けられると、へこむ。これからの暗く長く厳しい道のりに暗澹《あんたん》となった。

唇をかみしめて部屋に戻ると、隣から徳子の声が漏れてきた。

「あの人を、このままやらせておいていいのかい」

徳子が、光子を説き伏せようとしているらしい。雅紀は、戸の陰に隠れて、中の様子を窺《うかが》った。

「会社と争って、裁判しようなんて、正気のさたじゃないよ。まったく。市議さんも言っていたけど、何年もかかって、収入もなくて家族を路頭に迷わせて、勝てばいいけど、負けたら借金だけが残ることになるって。悪いこと言わないから、とにかく、やめさせることだよ。会社から、おっぽり出されて、腹がたつだろうけど、今の時代、そんなに珍しいことじゃない。意固地にならないで、新しい道にすすむべきなんだよ。私の友だちは、顔が広いから、頼めば就職口を紹介してくれるから」

光子が責められてかわいそうだし、立ち聞きしていると思われるのもしゃくに障るので、雅紀は戸を開けて入って行った。徳子は、驚いた顔をしたが、決着をつける気か開き直った態度を示した。

「お義母さんにも苦労かけて、すみません。でも、長時間残業の証拠も揃《そろ》ったので、必ず勝てますから、しばらく我慢してください」

雅紀は誠意をもって話せば、わかってもらえるはずだと考えた。

「雅紀さん、いい加減目をさましてください。声の出ない妻と幼い子どもを、大切に思うなら、どうぞ、路頭に迷わすようなことはしないでください。お願いします」

徳子は、今日こそは後には引かないと、身を乗り出して訴えた。

「労働組合は、別に会社に悪いことをするところじゃないですよ。労働者は一人じゃ弱いから集まって、みんなで声をあげるんですよ。今回、会社から希望退職に応じるように言われたから、病気を治して、ここで働きたいって、僕といっしょに労働組合が会社に言ってくれるんです」

雅紀は怯《ひる》まず、でもできるだけ穏やかに話した。

「会社に逆らって、やっていけるわけないでしょ」

徳子は、吐き捨てるように言った。

「でも、無理なことを言っているのは、向こうですから」

雅紀も言い返した。

「そんな理屈ばかりでは生きていけませんよ。収入がなくなるんですよ。お金がなかったら、食べていかれないじゃないですか。理不尽で、腹がたつでしょうけど、ぐっとこらえて家族を養うために、働くのが男というものでしょ」

徳子は、体裁をつくろうのをやめて本音をぶちまけてきた。感情を高ぶらせ、息をはずませる徳子を見て、雅紀は逆に覚めて沈む思いがした。この人は、何故こういう考えしかできないんだろう。いくら言っても、言い争いになるだけだ。その時、それまで、黙って聞いていた光子がメモを持って立ち上がった。雅紀と徳子はメモを見上げた。

『私は、お荷物にはなりたくない。雅紀さんは、正しいと思う道を進むべき』

読んだ徳子が、鼻で笑って、悲しげにつぶやいた。

「昔のお前ならできたろうけど、声がでないのに、どうするんだい」

光子は座ると、何か紙の裏に書いたが、書き終わっても、すぐに見せようとしなかった。雅紀がのぞき込むと紙を丸めて光子は横を向いた。三人は揃って黙りこんだ。徳子と光子はうつむき、雅紀は目を閉じて上を向いた。徳子の言う通り、長い物には巻かれるしかないのか。

「ま、私の友達が言うには働けないのなら、最終的には、生活保護になるらしい。でも、その場合、まず親戚から援助してもらえないか調べられる。うちは、親戚はいないから、井村さんの方が対象になるでしょうね」

徳子の言葉に、雅紀は目を開いた。両親、弟に迷惑をかけたくない。実家も楽な暮らしではない。それでも、知らせが行けば、なんとかしなければと思うだろう。

「とにかく今は病気で働けないので、労災申請をして結果が出るまで、待ってください」

雅紀は、ようやく、それだけ言った。徳子も言うだけ言ったので、矛を収めようと思ったのか何も言わなかった。

江川の協力で算出できた事務所での残業時間は、休職に入る前三ヶ月の平均が、百八時間だった。これに、週一で回ってきた夜番と、だいたい月一回あった夜間障害対応時間を加えると、百二十時間になる。国が定めた過労死ラインは、月八十時間だ。改めて、雅紀は自分が如何《いか》に過酷な状況で働いてきたか認識した。こんな職場は改善して、もっと人間らしい生活ができる職場にしなければならない。だが、肝心の長谷部は協力してくれない。徳子には反対される。これからの生活の目途《めど》はたたない。今まで雅紀と同じような扱いを受けたたくさんの人が、泣き寝入りせざるを得なかったわけが、しみじみと身に滲《し》みて理解できた。他の人ができなかったことを、自分ができるという確信はなく、不安の方が勝っていた。唯一の支えは光子だったが、雅紀が茨《いばら》の道を行けば、障がい者となった光子に負担がかかることは避けられないだろう。

でも、雅紀が道を曲げれば、光子は自分が雅紀の荷物になったと思って、傷つくに違いない。

堂々巡りの思いを抱えたまま雅紀はユニオンの組合員の集いに参加した。集いは、農家をしている支援者の厚意で、埼玉県西部にある支援者の事務所で開かれた。取れたての野菜たっぷりの鍋や果物が食べ放題だと野田から誘われた。雅紀は、日頃、いっしょに遊ぶ機会の少ない勇紀を連れて参加した。電車とバスを乗り継いで、着いたところは、高い建物がなく視界が開けたところだった。バラックの事務所には、ユニオンのメンバーが十数人集まっていて、欅《けやき》の一枚板を使ったテーブルには、野菜の煮物や漬物、リンゴやお菓子が山盛りになっていた。もちろん、日本酒、ビール、ワイン、ジュースなどの飲み物も置き場がないほどだった。

参加者の多くは、リタイヤした年配者だった。現役と思われる若い人も数人いたが、雅紀が一番若いことは間違いなかった。勇紀が人見知りしないか心配したが、みんなから可愛がられてご機嫌だった。灰色の作業服を着た小柄な男が、人懐こい笑顔を浮かべて、近づいてきた。

「百姓の池谷です。遠いところ、子ども連れてたいへんだったでしょ」

「井村と言います。子連れでお世話になります」

「いや、こちらこそ、孫が来てくれたみたいで、大歓迎だよ。ほら、おじいちゃんのところ来るか」

池谷が手を伸ばすと、勇紀は、いやがる様子も見せず、池谷の胡坐《あぐら》の中に納まった。

「池谷さん、初孫ですか？」

顔を赤くした野田が、からかうと、池谷は「そうだよ」と笑顔で答えて、勇紀に「リンゴ食べる？」と問いかけた。

鍋を抱えて、入り口に現れたエプロン姿の女性が、池谷の姿を見て「あれま！」とあきれ声を上げた。

アルコールの量が増えて、部屋のボルテージがあがってきたので、雅紀は勇紀を連れて事務所の外に出た。午後の日差しは暖かかった。雅紀が、勇紀の手を引いて庭を歩いていると、池谷夫人が出てきた。保育士をしていたという池谷夫人は勇紀と鬼ごっこを始めた。笑いながら駆けまわっている二人を、丸太に座って見ていると、池谷が横に座った。

「さっき、野田さんから聞いたんだが、奥さん、手術で声帯とっちゃったんだってね」

「ええ。手術して五ヶ月です」

雅紀は、池谷には何でも話せそうな気がした。

「うちもね。子どもが、精神病の障がい者なんだ」

池谷は、子どもが左利きかなんかのように、さらりと言った。

「ところで、奥さんは、障がい年金をもらえるはずだけど、申請している？」

「えっ、障がい年金って」

雅紀は、初めて聞く言葉だった。

「これだ。やっぱりね。誰も説明してくれなかったのかい」

池谷は、障がい年金について詳しく説明してくれ、光子の場合なら、障害等級三級にあたるはずで、子どもの加算もあると教えてくれた。

「憲法二五条　すべて国民は健康で文化的な最低限度の生活を営む権利を有する。こういうことは、誰にでも起こりうるわけだから、いざという時、申請できるように、学校でもちゃんと教えなくちゃね。申請は、市役所や年金事務所でやるんだけどね。どこも役所仕事で申請者に冷たいから、社労士さんと一緒に行った方がいい。親切な社労士さんを知っているから、紹介してあげるよ」

雅紀は、改めて自分の無知を恥じたが、一方で一条のかすかな光がさしたのを感じた。

「憲法に書いてあってもね。誰かが、前に出て声を上げてくれなければ、ただの紙切れになる。我々は、声を上げてくれる人を支えなければならない。それは、我々の権利のためなんだ。と、大きなことを言っても、たいしたことできないけど、うちには野菜が売るほどあるから、野菜を送るよ。まずは、しっかり食べないとね。そうだ。今日も持って帰ればいい。かあちゃん、古いリュックに野菜詰めてあげて」

勇紀に捕まった池谷夫人が、にこにこ笑いながら応じた。

「あいよ。いっぱい持ってかえってね」

夕方、雅紀は眠った勇紀をだき抱きかかえ、野菜のいっぱい入ったリュックを背負って、家に帰りついた。

勇紀を寝かせてから、台所でリュックから野菜を取り出した。レジ袋に分けて入れてくれた大根、ニンジン、さつまいも、里芋、山芋、葱《ねぎ》、ブロッコリーを床に並べた。

「八百屋さんができるよ」

光子も徳子もびっくりして、目をあわせていた。雅紀は、池谷からもらったことを話し、光子が障がい年金をもらえることを話すと、光子は目を輝かせて、両手のひらを左右の胸にあて、交互に上下させて、うれしいと表現した。徳子は、笑うしかないといった感じで、何も言わなかった。

奥に引っ込んだ光子が郵便封筒を持って戻ってきて、差し出した。差出人は書かれていなかった。封を開けると、USBメモリが出てきた。ケースの色がピンクだった。どこかで見たことがあると思った。ひらめくものがあって雅紀は、すぐにパソコンを起動させた。OSが立ち上がるのが遅く感じた。USBメモリを差し込んでみると、予想通り、メールデータが入っていた。メールは、TEMISのメーリングリスト宛のものだけが抽出されていた。

「長谷部さんだ。ありがたいね」

雅紀は、光子と見つめあって、何度も頷いた。電話では、こっちも事情がありますからと断られたが、やはり長谷部は、うつ病で去って行った安川の無念を忘れてはいなかったのだ。昼夜の別なく働かされて、自分にも同じことが起こるかもしれないという恐怖を、あそこで働いた者なら、身に滲みてわかっているのだ。

情報ユニオンは、コスモ電産に井村雅紀への退職強要中止と、労災申請について団体交渉の申入書を郵送した。送付する前に雅紀は、組合事務所で書記長の徳永から、最終確認をされた。

「コスモ電産に、井村さんの労働組合加入通知書を送付し、団体交渉を申し入れます。よろしいですね」

雅紀は、いよいよ始まるのだと思うと、武者震いがした。正直、これからの道のりに一抹の不安はあったが、後には引けなかった。

「はい、よろしくお願いします」

笑みを浮かべた徳永が差し出した手を、雅紀は、しっかりと握り返した。徳永の大きな分厚い掌《てのひら》が心強かった。

「ところで、団体交渉に出席することもできますが、どうしますか？　もちろん、交渉は委員長と私にまかせてもらいますが、やはり、本人が同席していることは、会社に対するインパクトが違いますからね。でも体調もありますから、無理にとは言いませんが」

徳永から聞かれて、雅紀は同席すると即答した。本来、自分が要求することを代わって言ってくれているのに、自分が出ないのは、隠れているようで、おかしいと思ったからだ。

第十六章　団体交渉

日程や出席者の調整があって、第一回目の団体交渉は、三月三日に決まった。団体交渉日の前日に、実家から電話がかかってきた。父、弘道の声だった。懐かしい声だったが、慌てた気配がした。

「お前、会社と何かもめとるのか。お前が就職する時に世話になった市議さんが、文句言いに来たぞ」

雅紀は、隙《すき》をつかれた思いがした。考えてみれば、至極当然なことだが、こういうルートで情報が流れることを、まったく考えていなかった。

「向こうは、好意で紹介したのにメンツを潰されたと腹をたてとった。あの人には、わしも仕事で世話になっとるから、えらい困ったぞ」

雅紀は、隠しても仕方がないと覚悟を決めて、今までの経過を説明した。

「労働組合？　そんな得体の知れん人らと関わったら、いいように騙《だま》されるぞ。悪いこと言わん。病気しとるんなら、家族連れて帰ってこい。療養して治ったら、家の仕事手伝え」

帰って来いと言ってくれる父の気持ちはありがたかった。でも、今、情に流されるわけにはいかなかった。

「何も悪いことしとるわけじゃない。会社がこき使った上に、病気になったらやめろと無茶言うから、おかしいって、改めてくれって言っとるだけじゃ。誰かが言わんと、悪いことが直らんじゃろ」

雅紀は、必死で反論した。

「アホが。そんな青臭いことが通るんじゃったら、世の中に、貧乏人はおらんわい」

父の暴言にくじけず、雅紀は言い返した。感情が暴走すると止めようがなくなる。まぎれもなく、そっくりの親子だった。言い合いの果てに、弘道から最後の言葉が言い渡された。

「お前も、もう子を持つ一人前の大人じゃ。覚悟を持ってやるというんなら、わしはもう何も言わん。ただ、もう、親でもない、子でもない。二度と帰ってくるな」

一線を越えた言葉だった。聞いたとたん、頭の芯がしびれる感じがして、雅紀は言葉を失った。ようやく我に返って、発信音だけになった受話器を戻した。大きな声を出して電話していたので、光子が、どうしたのという動作をしながら、寄ってきた。

「いつもの親子喧嘩《げんか》だよ。なんでもないよ」

雅紀は、肩をすくめて見せた。平気な顔をしようと思ったが、光子の目はごまかせなかった。雅紀の腕を引っ張って、離そうとしなかった。

「親父に勘当された。もう帰ってくるなってさ」

仕方なく、雅紀は白状した。光子は驚きの表情を浮かべて、雅紀の腕をつかんでいた手を離した。それから、両腕を回して雅紀を強く抱きしめた。

電話を終えても、胸の動悸《どうき》がおさまらなかった。勘当され、ついに親からも見放されたのかと思うと、深い孤独感に襲われた。気分がめいったが、明日は団体交渉がある。明日起きて、都内まで出て行けるか心配になった。薬を飲んで、早めに横になったが、心臓の音が響いて、眠れなかった。

明け方に、少し眠っただけだったので、起きても頭に靄《もや》がかかったような状態だった。しゃべらなくても、とにかく会場に行かなくてはならない。団体交渉は夕方六時からだった。午前中横になっていたが、午後になると少し気分がよくなった。家を出る時、光子が心配そうに見ていた。

第一回目の団体交渉は、都内の貸会議室で開かれた。こちらの出席者は、寺川委員長、徳永書記長、野田と雅紀だった。最初に名刺交換した。雅紀は、名刺を持っていなかったので、名のって受け取った。コスモ側は、総務部長の榊原と記録担当の若手部員であった。榊原は、頭髪が薄くなった五十代半ばと思われる男であった。メガネの奥の目を神経質に瞬きしていた。若手部員は、三十歳くらいと思われるが、役職は主任とあった。

「今日は、ご多忙のところ、時間を取っていただきありがとうございます。団体交渉を、スムーズに進め、井村さんが、早く健康を取り戻し、充実した仕事ができるようになるよう、お互いに努力したいと思います」

最初に、徳永が事務的に切り出した。

「団体交渉の申込書にも書きました通り、要求は二点です。まず、うちの組合員の井村氏へのパワハラ、退職強要をやめて、謝罪してもらいたい」

寺川が、あいさつもそこそこに要求事項を突きつけたので、会議室の緊張が、一気に高まった。

「早川からは、業務上の打ち合わせをしていただけで、パワハラ、退職強要はしていないと聞いています」

榊原が、小さなかすれ声で答えた。

「病休中の井村氏を呼び出して、希望退職を断ったら、復職してもあんたにやってもらう仕事はない、うつ病の病歴を持った人を受け入れてくれるところはないと言うのは、パワハラ、退職強要じゃないですか」

寺川の声は、太く迫力があった。部屋中の空気が震え、議事メモを取っている若手部員は顔を引きつらせていた。

「希望退職について説明をして、井村氏のキャリアプランについて相談したが、決して強制はしていないと聞いています」

榊原は、下手に出ながらも執拗《しつよう》に反論してくる。会議室での二人きりの面談なので、言った、言わないの水掛け論になってしまう。向こうも想定問答の準備をしてきたようだ。

「そんなことはない。ここに、井村氏が取った面談のメモがある。早川氏の暴言が書かれている。ひどい、労働者の心を壊す暴言だ。これがパワハラでなければ、なんなのだ」

寺川がメモを突き出すと、榊原は時間をかけて読んで、隣の若手部員に回した。

「三回分の面談が、まとめて書かれているように見えます。人の記憶は、あまり確実とはいえませんし、言った意味とは違った受け取り方をしてしまう場合もあります」

「とにかく、井村氏は面談で非情なショックを受けて、直りかけていた病状が悪化してしまった。辞めないと言っている労働者に、繰り返し面談するのは、人権侵害です。即刻中止と謝罪を要求します」

「二点目ですが、井村氏のうつ病の原因は、常駐先ＴＩＳでの過重労働が原因です。ここに、井村氏の残業時間の記録があります。月平均百八時間。これに夜間にシステム障害が発生した時の自宅での対応時間を加えると、百二十時間になります。これは、国の定めた過労死ライン八十時間を大幅に超えます。業務に起因する傷病ですから、労災対象です。労災申請を要求します。それと、職場での安全管理は会社の責任ですが、会社は、現場での業務実態を把握していたのか、どのような対策をとっていたのか」

寺川は、雅紀がパソコンのイベントログデータからまとめた残業時間の資料を、榊原に突きつけて迫った。雅紀の気持ちを代弁する気迫に溢れた追及だった。

「確かに、現場は、サプライチェーンマネージメントシステムの運用・保守業務で、かなり厳しい状況とは認識しています。しかし、現場の話では、繁忙には波があり、体調を崩す人はごく一部で、他の現場とそれほど差がある訳ではないと聞いています。井村氏のうつ病の原因については、家庭での心労も影響しているのではないかと聞いていましたが、提示いただいた残業時間も参考にして、労災申請については検討させていただきます」

うつ病の原因が、光子の病気や手術が原因だと言わんばかりの言い草に、雅紀は黙っていられなかった。

「あの職場で、うつ病になったのは私だけではありません。安川さんというリーダーの方も病休明けに夜間障害対応をして、うつ病を再発させてしまいました。あそこでは、昼も夜も働かされます。誰もが次は自分かとビクビクしています。ぜひ、夜間専任の体制を作ってほしいです。そのように東邦に要求してください」

雅紀の家庭の情報は、赤城が伝えたのだろう。しかし、労災申請を検討すると言わざるを得なかったのは、やはりパソコンのログデータが効いているのだと思った。

「あなたの言い方は、現場の繁忙について他人事のようだ。そうだろう。ここに、井村氏がＴＩＳで作業していた時のメールの記録がある。常駐先で井村氏に、作業指示をしていたのは、コスモの責任者ではなく、ＴＩＳの社員だ。たまには、東邦の社員が直接、井村氏に作業を指示している。これは、請負ではなく、実態は派遣だ。典型的な偽装請負だ。労働者派遣法違反だ」

寺川がメールのコピーを示して、畳みかけた。榊原は、渋い顔でコピーを受け取り、しばらくして、口を開いた。

「大枠では、作業指示は作業責任者を通しています。これは、昔からの慣習ですから、うちから東邦さんに、変更するようには言えないんです。うちは、請負でも、派遣でもどっちでもいいんです。特定派遣事業の届出もしていますから」

榊原の発言に、ユニオン側のメンバーは一様に顔を見合わせた。事実上偽装請負を認めており、開き直っているとしか見えなかった。

「偽装請負を認めるのか」

「役所の判断に従います。さっき言った通り、うちは、請負でも派遣でもどっちでもいいんです。ただ……」

榊原は、言い淀んでから、皮肉な笑いを浮かべて続けた。

「どっちでもいいんですが、当面は、どっちもないから、同じことです」

大企業に翻弄される中小企業の本音が、垣間見られた瞬間だった。

貸会議室なので、終了時刻になって団体交渉は終わった。雅紀は、体調がよくないことを言って、その後に予定されていたユニオンの対策会議は欠席させてもらった。電車を乗り継いで、なんとか家に帰りついた。着替えもそこそこに、光子が敷いてくれていたふとんに潜り込んだ。無理したかなと思った。でも、闘ったんだと自分に言い聞かせて、雅紀は目を閉じた。

翌日の午後、電話が鳴った。雅紀はユニオンから電話がかかってくるような気がしていたので、丹前をひっかけて電話にでた。

「具合は、どうですか」

野田の柔らかい声だった。

「ええ、だいぶ、よくなりました。昨日は、ありがとうございました」

雅紀は、頭を下げながら礼を言った。

「昨日、団交の後で、短い反省会をやったんですけど、委員長が、井村さんが夜間専任の体制を作ってほしいと要求したのは、よかったと言ってましたよ。自分のためだけじゃなく、みんなのための闘いでもあるという考えが大切だって。必ず、職場の人たちにも通じると思いますよ。まあ、闘いはこれからですけどね」

野田は、次の打ち合わせの日程を告げて、電話を切った。雅紀は、自分の発言を認めてもらえて、嬉《うれ》しかった。少し元気が出てきた。

実家から郵便書留が届いた。母の春子からだった。急いで封を切ると、中には手紙と十万円が入っていた。

「雅紀、元気ですか。お父さんは詳しいことを話してくれませんが、だいたい、わかります。お前は、小さい時から意地っ張りだった。その性格はお父さんに似ています。

お父さんは、あんなこと言ったけど、あなたのことをわかっているんだよ。このお金は、お父さんから送るように言われました。光子さんと、力をあわせて自分の信じた道を歩んでください」

顔を寄せて横から手紙を覗き込んでいた光子の目に、涙が浮かんでいた。やっぱり、離れていても母親は子どものことが、わかるのだ。光子との結婚を報告にいった時のことが思い出された。

空港の到着ロビーに、母の春子と弟の智治が迎えに来ていた。弟の顔を見て気軽にハイタッチしそうになったが、母の余所《よそ》行きの顔を見て、今の立場を思い出した。春子は日頃化粧をしなかったはずだが、今日は口紅も塗って、髪もセットしていた。雅紀は光子に目をやってから、二人に光子を紹介した。

「こちら、三浦光子さん。えーと、婚約者です」

どう紹介するか考えてきたが、友達、彼女という段階でないことを、最初にはっきりさせる必要があると思って、婚約者と言った。この言葉に智治は、驚きをかくさず、ちょっとのけぞるしぐさをしたが、春子は目を細めたぐらいで、動揺を見せなかった。さすがは母親の勘というか先日の短い会話だけで、事態を予感していたのかもしれない。

「三浦光子と申します。この度《たび》は、突然押しかけて申し訳ございません。よろしくお願いします」

「えーのよ。堅苦しいあいさつは。遠いところ、よー来てくださいました。さあ、話は家でゆっくりしよう」

春子が笑顔で応じて、四人で智治が運転するＵＶ車に乗り込んだ。

家に帰ると春子は台所に入って、二人にお茶をだした。その日は、父の弘道も仕事を早めに切り上げて待っていることになっていたらしいが、姿がなかった。

「智治、お父さんを呼んできて。お客様がまっとるからって」

春子が智治に頼むと、智治が気のない返事をして腰を上げようとした。その時、雅紀は、「ああ、俺が行くよ。浜の様子も見たいし」と立ち上がり、光子に「いっしょに海を見に行く？」と誘った。

雅紀は、光子の先にたって、裏口から路地にでた。細い路地を少し歩くと、すぐに高い岸壁に囲まれた海岸に出た。岸壁に設けられた出入口を通ると、白い砂浜が広がっていた。雅紀が先に砂浜に下りた。光子は、足元を気にしながら後に続いた。

「きれいな浜辺！」

光子は、波打ち際まで近づいて、水の中を覗きながら言った。砂浜をなでるように小さな波が寄せて、白い泡となって返していた。

浜の向かいに無人島が浮かんでいた。無人島の前を通った大さなフェリーが引き起こした波が、うねりとなって浜辺に迫ってきた。

「今、波が立っているあたりに、秋から冬に海苔《のり》の養殖用の網を張るんだ。春から夏は、底引き網の漁をしている。親父は、たぶん作業場で網の手入れをしてるのかな」

二人は岸壁の内側に戻って、岸壁沿いの道路を進んだ。道路が行き止まりになったところに、スレート葺きの大きな作業場があった。シャッターが上がっていて、ブイや漁網、発泡スチロールの箱などが見えた。建物の中に入ると日陰に目が慣れて、奥の床に網を広げて作業をしているランニングシャツ姿の男がいた。シャツから出た、首筋、肩、腕は彫刻されたような筋肉が盛り上がっていた。

「ただいま」

雅紀が声をかけると、男は顔をあげ目をこらした。逆光で影になって見にくかったのだろうが、息子とわかると、目元を緩めた。

「帰ったんか」

そう言うと、弘道は雅紀の隣の光子に目を向けた。

夕食が終わって、光子と春子が台所の片付けをしている時、雅紀は弘道と庭に出た。満天の星空だった。

「雅紀。おまえ、東京で生きる覚悟を決めたんじゃな」

弘道は、雅紀の横にたって語りかけた。

「うん、決めた」

答えながら、この星空と海と別れるのは、ちょっぴり寂しいと思った。

「おまえが、そういう覚悟なら、家は智治に継いでもらうからな」

誰かが道を決めると、他の人の道も決めることになる。雅紀の肩をたたいて、弘道は家に入って行った。

光子の身体障がい者手帳の申請、障がい年金の申請は、池谷から紹介された社労士が親切に手伝ってくれた。年金事務所への申請には、雅紀も同行した。窓口は、申請者に冷たい対応をすると聞いていたので身構えたが、事務的な対応で、受け付けてくれた。やはり、同行してくれた社労士の存在感が大きいのだと感謝した。そして、雅紀は、自分の労災申請にも希望を持つことができた。

二回目の団交は、会社側の都合でなかなか日程が決まらなかったが、やっと、一回目から二ヶ月後の五月に開かれた。ホテルの会場に現れた会社側の交渉担当は、前回と変わっていた。形式的なあいさつの後、会社側の交渉担当者が口火をきった。

「日程調整に時間がかかり、申し訳ありません。実は、社内の人事異動があり、前回出席した榊原は、大阪支社に転勤になりましたので、私、植田が担当させていただきます」

「失礼ですが、植田さんは、役職は？」

徳永が、遠慮なく質問した。

「前任と同じ総務部長です」

「団体交渉は長丁場です。もちろん、こちらは短期間で終えたいのですが、結果として長くかかります。だから、会社としても、それなりの見通しを持って、人選されたと思っていますが、一回で交代というのは、何かあったのですか」

寺川の質問は、ユニオン側全員の疑問を代弁したものだった。

「特段の意味はありません。通常の人事異動です。誠意をもって対応させていただきますので、よろしくお願いします」

植田は、不敵な笑いを浮かべて頭をさげた。

「まず、労災申請について、検討結果を回答していただけますか」

徳永が議題に入っていった。植田は、手元のクリアファイルから書類を取り上げた。

「えー、井村氏の事案が、労働災害にあたるか上司、産業医と検討いたしました。労働時間についていえば、前回、パソコンの起動、停止時間から算出した時間が提示されましたが、職場では業務を終えてからパソコンを停止するまで、雑談をすることが多かったそうです。特に管理者のいない休日出勤では、自由に休憩をとることができます。そうしますと、月平均の残業時間は、八十時間を大きく越えるものではありません。作業形態としても会議や打ち合わせが多く、その間は、緊張する頭脳労働からは解放されていたということです。一方で、井村氏が配偶者の病気によって心労を深めていたことは、前回も指摘させていただきましたが、配偶者の手術時期と、井村氏のうつ病発症時期は、かなり重なっています。このような状況を総合的に検討し、産業医の見解としても、労働災害にはあたらないと判断しました」

静かな会議室に、植田の強い口調が響き、雅紀は唇をかみしめた。

「あなたね、会議では頭脳労働から解放されていたというけどね。リーダーという責任を持って会議に臨めばね、いろんなことを考えなきゃいけないでしょ。会議と言うのは、すごい頭脳労働だよ。俺なんか、団交すると、すごく疲れるもの」

寺川の言葉に、一同が笑い、植田も苦笑していた。

「それに、夜間の障害対応を、どう考えてるの。あなた、一人で、夜間の障害対応したことあるの」

寺川に質問された植田は、一瞬、言葉に詰まった。

「いえ、私は事務職ですので、そういうことは経験ありません」

「いや、俺もないけどね。システムエンジニアじゃないから。でも、想像できるよね。残業して疲れて帰って、寝たと思ったら、夜中にたたき起こされて、たった一人で、相談できる人もいない、真夜中にだよ。一人で、二次障害をだしちゃいけないと心配しながら、それでいて、早くしないと時間までに夜間処理が終わらない、工場が止まってしまうと焦って、不安定なネット環境で作業するんだよ。これ以上強い精神的ストレスはないよ。拷問のようなストレスだと思わない？」

雅紀は、寺川の言葉が、うれしかった。職場では、やって当たり前とあまり評価されなかったが、その大変さを、想像してくれる人がいたのだと心が熱くなった。植田も、寺川の迫力に、押され気味で、顎《あご》をひいて何度か頷《うなず》いていた。

「まあ、夜間障害対応は、たいへんですが、そんなに起きることではないと思いますが」

「こういうのは、回数とか時間で測れるものじゃないよ。非常事態だよ。みんなが寝ている真夜中に、千人が働く工場を止めないためにがんばるなんて、普通の管理職だって、そんな責任を負う場面なんてないでしょ。すごい精神的な負荷ですよ。あなた、そんな経験あります？」

寺川に突っ込まれ、反論する言葉を失った植田は、資料に書いてきた結論を繰り返した。新しい交渉相手の植田は、会社のルールを前面に、強硬な対応を崩さなかった。前回、榊原が暗に認めるような発言をした偽装請負についても、完全に否定した。

団交後のユニオンの対策会議では、前回、榊原が、偽装請負を認めるかのような発言をしたが、リストラで業績のV字回復が予想される東邦に再び、食い込むことを狙うコスモの上層部が、榊原を外したというのが今回の異動の真相ではないかと分析した。また、雅紀の労災申請については、休職期間満了が迫っているので、直接、個人として労基署に労災申請をする方針になった。

第十七章　風光る

雅紀は徳永といっしょに、法律問題でユニオンと連携している浅川法律事務所を訪問し、浅川弁護士に会った。徳永から、事前に浅川は、過労死裁判を多く扱っている人権弁護士だと聞かされていた。実際に会ってみると、浅川は、太い眉と眼光に意志の強さを感じさせたが、雅紀にも気さくに話しかけてくれた。雅紀が職場の実態を話すと、身を乗り出して、真剣に耳を傾けてくれた。

一週間後、雅紀は浅川弁護士と労基署を訪問し、労災申請を提出した。次のコスモ電産との団交で、ユニオンから労災申請をしたことを伝え、雅紀の休職期間を延長するように要求したところ、会社は申請結果がでるまで待つが、申請が却下されたら休職期間満了による自然退職となると回答してきた。雅紀は、絶対、認定を勝ち取らねばと決意を新たにした。

申請後は、労基署の判定待ちなので、雅紀は何をしていいのかわからず、気持ちが空回りするばかりだった。一応、申請という山を越し、それまで体調をなんとか維持していた緊張の糸が緩んで、肉体面も精神面も箍《たが》が外れたように、一気に落ち込んでしまった。朝は目が覚めず、昼頃までふとんの中で夢うつつを漂うような状態が続いた。

会社から労災が認定されないと休職期間満了による自然退職となると宣告を受けていたが、焦る雅紀の気持ちを、あざ笑うかのようにお役所仕事の労基署の認定作業は遅々として進まず、季節が移っていった。

手術後、光子は二ケ月ごとに定期検査を受診している。雅紀は、毎回定期検査に付き添っていた。が、今度の定期検査の結果を聞きに行く日は、ユニオンの対策会議が重なってしまった。

「まずいな。来週の受診の日、ユニオンの対策会議が重なっちゃったな。受診が終わってから参加できるように時間を遅らせてもらうかな」

雅紀は手帳を見ながら、つぶやいた。そばで洗濯物をたたんでいた光子は、『大丈夫だ、一人で病院に行く』と手話で伝えてきた。

「でも、来週は検査結果を説明してくれる日だから、僕もいっしょにいなくちゃ。もし……」

再発してたらとあやうく言いそうになって、雅紀は、後の言葉をのみ込んだ。でも、それは、光子にも通じてしまった。表情を硬くして、洗濯物から顔を上げなかった。それから、むきになって、来週は一人で病院に行くと主張してきかなかった。しまいには、雅紀も感情的になって、「じゃ、一人でいいんだね」と突き放してしまった。

「勇紀、公園に遊びにいこうか」

気分転換に、勇紀をつれて、外に出た。暑さの厳しかった夏が過ぎ、秋が訪れようとしていた。夕方になると半袖では肌寒く感じる。光子が手術を受けたのは、ちょうど一年前のことだ。この一年、雅紀たちの家族は、濁流にもまれるように流され続けた。これから、いったい、どこまで流されていくのだろう。

ブランコに乗って遊んでいた勇紀は、今度は、すべり台に登って滑り降りている。周りに子どもがいないので、独り占めして楽しんでいる。雅紀は、ブランコに腰をおろして、勇紀を見守っていたが、心に浮かんでくるのは、光子のことだった。

光子も、再発、転移を怖れているのだ。ネットの情報では、喉頭《こうとう》がんは、二年以内に再発することが多いと書かれていた。再発、転移したら、その時は、かなり厳しくなるのだろう。光子がいなくなる。光子のいない生活。光子のそばにいてやりたい。そばにいたい。

その日、雅紀は、ユニオンの事務所に向かう電車に乗ったが、胸騒ぎがして電車を降りた。家に帰ると、光子は病院へ出かけた後だった。雅紀は、自転車で病院に向かった。

病院の受付で待っていると、遠回りするバスに乗ってきた光子が現れた。光子は一瞬立ち止まったが、すぐに笑顔を浮かべて、近づいてきた。『ありがとう。心細かったの』と光子の手が動いた。

二人して、診察室に入る。雅紀は、光子の斜め後ろに座る。大型のディスプレイを食い入るように見つめていた津村医師が、顔を上げた。表情が緩んでいた。

「今のところ、問題ありません」

いっぱいに膨らんでいた風船の空気が抜けるように、二人して胸をなでおろした。

雅紀は、河村から会議を無断欠席したことをきつい言葉で責められた。自分が悪いのはわかっていたが、雅紀は気分が悪かった。次の会議にも出かけなかった。野田から電話がかかってきたが、「気分が悪いから」という理由でごまかした。

これからも、長い闘いが続くだろう。自分は、耐えられるだろうか。光子と勇紀のために、父に頭を下げて田舎に帰って療養し、家業の手伝いをした方がいいのではないか。寝返りを打ちながら考えると、次々と否定的な考えが浮かんできた。

暗い顔をした雅紀を光子が、心の底を見透かすように、じっと見つめてくる。

「もう、やめようか。もう、たくさんだ。僕のわがままで、結果的に、光子や勇紀を苦しめている」

雅紀は、耐えきれずに心の内を吐き出した。じっと見つめていた光子の目が、悲しげな色を帯びた。光子は、傍らのメモ用紙をとると、丸い字を書き連ねていった。

『雅紀さんは、それでいいの。私は、正しいことのために闘っている雅紀さんが、私の誇りなの。勇紀にも胸をはって言える道を選んでほしい』

雅紀は、じっと光子と目をあわせていたが、最後に小さく頷《うなず》いた。光子には、雅紀の心が全てお見通しなのだ。光子にはかなわない。光子は、どうして、こんなに強いのだろう。

江川が、雅紀たちを訪ねてきたのは、年が変わって春を待ち望んでいた頃だった。光子が、ケーキを江川にすすめると勇紀の方が先に手を出した。光子が顔をしかめると、江川が笑いながらケーキを勇紀に差し出した。

「いいのよ。勇ちゃん、いっぱい食べようね」

食べ終わった勇紀が遊びだしてから、江川が話を切り出した。

「最近、気づいたんだけど、井村さんが使っていたノートＰＣね、今、栗山さんが使っ

ている の」

「へえ、そうなんだ。栗山さんに渡っていたのか」

雅紀は、懐かしく栗山のよく動く勝気な目を思い出した。

「それでね、ノートPCのイベントログもあった方がいいのかなと思って」

江川の問いかけに、光子も顔を雅紀に向けた。既に、労災申請書は提出し、残業時間の記録も添付してあった。

「夜間対応の時間も報告メールの記録から推定してあるけど、障害対応後の監視は、入っていたかどうか、あいまいなんだ。労災申請には資料の追加申請もできるから、できれば手に入れたいね。でも、栗山さんが協力してくれるかな」

雅紀は、栗山と直接個人的に話したことは、ほとんどなかったから、栗山がどんな考えの持ち主かは知りようがなかった。ただ、社員の栗山は、仕事熱心で、強い上昇志向を感じさせた。成果主義や競争は、会社の業績向上、自分の昇進昇格に必要という考えを持っているように思われた。そこから導かれるのは、否定的な結論だった。

「まあ、そうかもしれないけど、そうでもないかも知れないわよ。女は複雑だから」

江川は、意味深長な笑いを浮かべた。

「この前、咲ちゃんに久しぶりにあったのよ。みっちゃんの話をしたら、ぜひ会いたいというのよ。それで、三姉妹の励ます会をやろうということになったの。どうお」

最後に、光子の意向を窺《うかが》うように、江川は光子を見た。気づいた光子は、すぐに両手で胸の前に丸を作った。それから、もどかしそうに近くの紙切れに書きつけた。紙には、「うちでやろう」と書かれていた。今度は、江川がためらった。

「迷惑じゃないの」

光子は、うれしそうに、顔の前で手を振った。

「人が来てくれると、賑《にぎ》やかで、うちらはうれしいんです」

雅紀も後押しして賛成した。その場で、江川が携帯で藤井に連絡して、光子の励ます会は、三日後の金曜日になった。

雅紀は前日から、光子に頼まれて、食材を買い出しに行かされた。

「自分の励ます会を自分で用意するのも変だね」

雅紀がぼやいても、光子は、ただ笑っていた。

金曜日の夕方、江川に連れられてきたのは藤井だけでなく、後ろから栗山が現れたので、雅紀も光子もびっくりした。

「会社でね、みっちゃんの励ます会を、三姉妹でやるっていったら、栗山さんが四姉妹にしてってていうから連れてきちゃった。いいでしょ」

「すみません。急に割り込んで」

頭を下げる栗山に、雅紀も光子も、すぐに笑顔で歓迎となった。

「飛び入り歓迎です」

最初、三人の女性たちは、にこにこして聞いているだけの光了に遠慮していたが、次第におしゃべりに熱中していった。雅紀も光子の横で話に耳を傾けていた。だいぶテンションがあがったところで、江川が栗山につっこみを入れた。

「ところで、直美ちゃんは、最近、悩んでいるみたいだけど、何かあるの」

栗山の名前が直美というのを雅紀は初めて知った。笑みを浮かべているところを見ると、江川は何か知っているようだ。

「実は、私、近く結婚することになりまして」

栗山の告白に、一同歓声をあげた。

「別に、そんなに驚くことじゃないよ。直美ちゃんはいくつ」

江川が、みんなの興奮を抑えるように言った。

「二十七です」

「わかーい」

「うらやましーい」

「おめでとー」

叫びがおさまると、栗山が、話を続けた。

「実は、相手もシステムエンジニアなんです。私は、結婚しても働き続けたいと思うんですが、向こうも、私以上に残業、休出してますから、二人だけの時はいいですけど、子どもができたら、どうなるのかと考えると」

栗山が、気弱に語尾を濁すのを、雅紀は初めて見た。みんな、打って変わって口をつぐんで押し黙った。

「さて、独身の私達には、アドバイスできないから、井村さんの出番ですよ」

江川から話を振られて、雅紀は大いにとまどった。確かに、既婚者として、何か言うべきだけど、気の利いた助言は、とっさに思い浮かばなかった。

「確かに、結婚って、大きな渦に飛び込むみたいなものですよね。僕たちも、きりきり舞い続きです。でも、二人が手を離さないで、力を合わせてやれば、助けてくれる人も現れて、なんとかなるものです。ただ、現実には女性の方が男よりはるかに大変ですよね。仕事は男並みにやれって言われ、家に帰れば家事。育児も女性の方に負担がかかる。これを全部、完璧にやろうと思ったら、つぶれちゃいますから」

自分たちも実現できていない解決策を、安易に口にするのは気が引けた。

「やっぱり、子どもは無理でしょうね」

栗山が、悩みぬいた末であろう結論を口にした時、光子が立ち上がって、栗山の横に座ると、頭を振りながら栗山の肩をだいた。驚いた栗山だったが、目をつむると光子に抱きついた。

「へんよね。結婚しても、子ども、あきらめないといけないなんて」

江川が、しんみりと言った。

しばらくして、落ち着いた栗山に、雅紀は労災認定のために、ノートPCのイベントログを提供してほしいと頼んだ。意外にもあっさり了解してくれた栗山はさらに続けた。

「この前、上司から労基署の聞き取りがきたら口裏を合わせるようにと言われました。でも、私は、労基署の人に事実を話そうと思います。井村さんの労災が認定されれば、職場の私達にも光が当たるかもしれないと思うから」

栗山が言い終わると、江川が雅紀を見て笑みを送ってきた。江川の思惑以上の展開になったらしい。

光子は、数ケ月前から病院から紹介された食道発声法の訓練に通っていた。訓練から帰ってきた光子が、勇紀に絵本を読んでやっていた雅紀の肩をたたいた。そして、洗濯物をたたんでいた徳子にも手招きをした。畳に座った三人を前に、光子が立ち上がった。そして、ゆっくりと一言一言、声を出した。なんとか「ゆうき」「まさき」「かあさん」と言っているのがわかる。前の美しいソプラノの声とは比べものにならない声だったが、三人は顔を見合わせて喜んだ。勇紀は、喜びのあまり「うわー」と叫び声をあげた。その時、光子から「グー」という変な音が出た。勇紀は「ママのおなら」と、大笑いした。光子が手を振りあげて怒ったふりをする。それを見て、三人はまた大笑いした。みんなでこんなに笑ったのは、光子の手術以来初めてだった。

月が変わってから、栗山からメールがきた。

『労働局が、TISの職場を、偽装請負と認定したそうです。それで、TISに残っている東亜ソフトは、契約を派遣に変えることになったそうです。請負から派遣に変わっても仕事はなにも変わらないけど、上はコンプライアンスを気にしてピリピリしてます。労基署が定期的に査察に来るから、気をつけるようにって言ってますが、気をつけるのは管理者でしょ。長時間残業にならないように、代休もちゃんと取るようにと言うようになったのは、よかったです。井村さんのおかげですね。やっぱり、闘ってくれる人がいるから、私らの権利が守られているんだと、よくわかりました』

雅紀は、栗山のメールを光子に見せた。光子は、何度も頷きながら読んでいた。

定例にしている労基署への訪問で、栗山から提供されたノートPCのログを元にした夜間対応時間の資料を、追加提出した。障害報告メールに書いていた時間より長かったのは、メールでは障害処置後の処理状況の監視を省いていたからだった。こんなところでも、上の目を気にしていたのだ。今回は、障害対応時間の集計だけでなく、一日の作業をタイムスケジュールにして提示した。

「この日は、夜十時まで残業して帰宅。十二時に就寝したが、一時半にコンピュータセンターから電話で起こされて、障害対応して報告メールを書き終えて四時に寝て、六時半に起き七時半に出社ですか。ほとんど寝る時間がないですね」

資料を見た担当官が、思わずため息をついたのは、心証に少なからぬ影響を受けたからだろう。

労基署の担当官は、報告書をまとめて、二ヶ月後の労働局の精神部会にかけると言った。精神部会とは、労働局から委託された精神科医師が事案について業務上か否かを決定する会議のようなものだと浅川が教えてくれた。

だが、二ヶ月たっても労基署から労災認定の通知は届かなかった。浅川が電話で労基署に問い合わせたところ、今回の精神部会では結論がでなかったので、再度、次の精神部会にかけるということだった。なぜ、結論がなかなかでないのだろう。不安が募った。

いらいらしてストレスをためても仕方ないと思ったが、やはり落ちつかなかった。そんな時、ユニオンの野田がメーデーのチラシをくれた。それまで雅紀はメーデーに、あまり興味がなかったので参加したことはなかった。

野田に熱心に勧められたし、光子の障がい年金の取得で世話になった池谷からも労働者の団結の大切さをこんこんと聞かされていた。それに場所が公園なので、勇紀を連れて行っても大丈夫かなと思って、雅紀は光子にチラシを見せた。

『ここなら、勇紀も遊べるね。行こうよ』

光子のメモ書きで決まり、雅紀たちは、五月一日九時過ぎに家を出た。快晴だ。これでは屋外での日差しに気をつけなければと、勇紀にも帽子をしっかりかぶせ、小さな水筒を持たせた。

最寄駅から会場に向かう道は、集会に参加すると思われる人たちで混んでいた。赤や黄色の幟《のぼり》旗を持ったりして思い思いの格好で、仲間と楽しそうにおしゃべりしながら歩いている。中年以上の方が多かったが、中には雅紀たちのような子ども連れもいた。

「勇紀、帰りに動物園見て、アイスクリーム食べような」

人の多さに驚いている勇紀に話しかけると、勇紀はとびっきりの笑顔を返してきた。

ステージの前の広場は、ほぼ人で埋まっていた。雅紀たちは広場の隅に空いたところを見つけ、草地にビニールシートを広げた。光子が持ってきたおにぎりやサンドイッチを取り出すと、勇紀が、すぐに手を伸ばした。

「おしぼりで、手をふいてからだよ」

雅紀は、勇紀の手をふいてやった。小さかった勇紀の手が、少し大きくなったと感じた。

ステージでのバンド演奏や合唱などの音楽イベントが終わる頃、少し雲が出てきた。時折吹く風が気持ちいい。

労働組合や政党の人たちのスピーチが始まった。主催する労働組合の代表が、大企業が労働者から絞り上げた利益を溜《た》め込み、賃上げに回さず、逆に正規から非正規労働への切り替えを進めていると批判した。賃上げを行い、将来への希望を持てる労働条件にすることこそ、経済の循環を良くする道だとの訴えは、雅紀の胸に届いた。そのためには、団結して闘うしかない。頭を下げてお願いすれば、与えられるものではないのだ。

それは雅紀が経験してきたことだった。自分は何も知らなかった。知らないことは恐ろしい。雅紀を含め多くの働くものを苦しめている者たちは、雅紀たちを知らないままにしておこうとし、嘘でだまし、声を上げようとすると邪魔をする。自分の意志を貫くためには、様々な障害と闘わなければならないが、とても一人では、闘い続けられない。今までやってこられたのは、光子や仲間の支えがあったからだ。

勇紀が動き回りたくて、うずうずしていた。雅紀たちは、ステージ前から離れて、空きスペースの多い広場の方に移動した。移動しながら、座り込んで熱心に拍手を送っている人たちを見た。正直言って、若い世代の人数は多くない。

若い世代としては、言い分もある。家庭でも学校でも、もっと、自分たちの生活、幸せに関係している労働者の権利や闘いの歴史を具体的に教えてくれていたらと思う。でも、それでは、やっぱり他人のせいにしていることになる。もっと、自分から積極的に足を踏み出して、学ぶ姿勢が必要だった。

しかし、ごく普通の道をたどって成長してきた経験から考えると、それも容易なことではない。小学生の頃から、テストやいろんな場面で、仲間との競争を強いられ、相手が失敗すると、自分が上に行く。若者は、みんなバラバラで孤独だ。理不尽な退職強要を受けている人がいても、リストラ対象職場でなければ、会社がたいへんなのだから、仕方がないのだと見て見ぬふりをする。労働者は弱い。弱い労働者は、団結して相手に立ち向かわない限り、勝ち目はないのに、困って苦しんでいる仲間を、見殺しにしてしまう。

　それに、団結して立ち向かおうと、活動している人たちを冷笑する人がいる。そんなことに時間と労力を費やすよりも、ビジネスで実力をつけて、もうけた金で自分のやりたいことをやる方が、現実的だと嗤《わら》う。

　実際、メーデーだって本当は五月一日のはずなのに、ゴールデンウイークに遊ぶ邪魔にならないように連休前に、もう一つのメーデーが開かれている。強い会社や財界に対抗するには、労働者は団結するしかないのに、一番の大本が別れていて、どうするんだと思う。雅紀は、今ではゴールデンウイークよりもメーデーが大切じゃないかと思うが、数年前は違っていた。そういう人たちとも肩を組まなければ、大きな力にならないのなら、譲れるところは譲るべきかなとも思うが、正直難しすぎて、雅紀の手には負えない。

　雅紀は、光子の横顔を見つめた。声を失い、病の不安にさいなまれながら、笑顔を浮かべている。どうして、女性はゆるがないのだろう。光子と出会えて、結婚できて本当によかったと雅紀は思った。

　雅紀の視線に気づいた光子が『何？』と手話で問いかけてくる。雅紀は、笑いながら「何でもない」と答えた。でも、やっぱり伝えることは大切だと思い直した。

「光子と結婚できて、よかったと思ったんだ」

雅紀は、ちょっと照れくさかったが、正直に言った。光子は、笑っていたが、真面目な顔になって、姿勢を正した。

「私もよ。雅紀さん」

食道発声した光子の声は、周りのざわめきにかき消されそうになったが、しっかりと雅紀の耳に届いた。

今回、光子の定期検査は、問題なかったが、いつ再発の診断が下るかわからない。それは、光子自身覚悟しているはずだ。いつか、光子が書いてくれたメッセージを思い出した。自分の心に正直に、自分が正しいと思った道を歩いて行く。この道がいつ終わるか誰にもわからない。だからこそ、かけがえのない一日一日を光子と勇紀といっしょに、大切に生きていこう。雅紀にわかるのは、それだけだが、それだけで充分だ。

ステージの気迫のこもったスピーチに会場を埋め尽くす群衆が湧《わ》きたつ。演説に応える拍手が鳴りやまない。雲が切れて光の筋が降り注ぐ。風が吹く。草が揺れ、幟が旗めく。会場の熱気に興奮した勇紀が走りだす。追いかける光子の笑顔がはじけた。

風が光った。

あとがき

四十年の会社員生活の大半を社内ＳＥとして過ごし、最後の十年間は生産管理システムの運用保守チームのとりまとめ役をやっていた。米国のＥＲＰソフトをカスタマイズしたシステムは、巨大なブラックボックスで不安定だった。夜間処理が停止するとコンピュータ室のオペレータから、会社支給の携帯に電話がかかってきた。システムは、機能領域別に担当チームが分かれていたので、領域のチームリーダーに障害内容を伝え対応を依頼した。真夜中に電話して、相手がなかなか出てくれないと心細く腹の底が冷えるような不安を感じた。運用保守チームには、本体からの出向社員、子会社のプロパー社員、協力会社の常駐請負社員、派遣社員など様々な労働者がいた。

二〇一六年に出版した『さくらの雲』は、育児休暇を取り短時間勤務を選択した女性が「ロックアウト解雇」されたという新聞記事をきっかけに執筆したものだったが、実際の作業風景は、同じフロアで進行していた開発プロジェクトの状況を描写した。開発と運用保守は、システムにとって車の両輪であるから、『さくらの雲』と『真夜中のコール』は、姉妹のような作品である。

両作品に共通するのは、過酷な労働環境の下で苦闘するSEだ。不安定な雇用、過酷な労働を強いられる労働者を救うのは、労働組合しかないが、労使協調路線の企業内労働組合に期待するのは難しい。唯一の希望は、一人でも加盟できる労働組合(ユニオン)だ。だが、一人でユニオンに加盟して闘うのは、勇気がいる。しかし、誰かが勇気を振り絞って、声をあげなければ前へ進めない。さくらや光子が支えて雅紀が切り開いた足跡をたどって、次の人が歩き、細い道が踏み固められて、やがて広い道になっていくことを願ってやまない。

『女性のひろば』の長編連載においてお世話になった編集部の流目沙織氏、連載の挿絵と『さくらの雲』に続き表紙絵を描いていただいた竹田征三氏、校正等にご協力いただいた出版部の方々に感謝の意を表し、連載中応援してくださった読者の皆様にお礼を申し上げます。

二〇一九年十一月

最上　裕

民主文学館

真夜中のコール
2020年2月20日　初版発行

著者／最上　裕
編集・発行／日本民主主義文学会
〒170-0005 東京都豊島区南大塚2-29-9　サンレックス202
TEL　03(5940)6335
発売／光陽出版社
〒162-0811 東京都新宿区水道橋1-11
TEL　03(3268)7899
印刷・製本／株式会社光陽メディア
©Yuu Mogami　2020　Printed in Japan